人间最美是诗词

杨诗墨◎著

文化发展出版社
Cultural Development Press

图书在版编目（CIP）数据

人间最美是诗词 / 杨诗墨著. — 北京 : 文化发展出版社有限公司, 2019.9
ISBN 978-7-5142-2725-3

Ⅰ. ①人… Ⅱ. ①杨… Ⅲ. ①诗词－作品集－中国 Ⅳ. ① I22

中国版本图书馆 CIP 数据核字 (2019) 第 197687 号

人间最美是诗词
作　　者：杨诗墨

责任编辑：周　蕾
产品经理：易涵辰
监　　制：白　丁
出版发行：文化发展出版社有限公司（北京市翠微路 2 号）
网　　址：www.wenhuafazhan.com
经　　销：各地新华书店
印　　刷：三河市嘉科万达彩色印刷有限公司

开　　本：880mm×1270mm　1/32
字　　数：180 千字
印　　张：9.5
版　　次：2019 年 11 月第 1 版　2019 年 11 月第 1 次印刷
I S B N：978-7-5142-2725-3
定　　价：49.80 元

本书若有质量问题，请拨打电话：010-82069336

目录

第一篇

春夏秋冬流光转，节气循环诗意新

第二篇

花鸟草虫皆有品，一草一木总关情

第三篇

田园菊香时光慢，淡然清茶亦释然

第四篇

风雪飘摇凝心志，明月春风怀故乡

第五篇

一折柳枝赠君行，自此天涯共比邻

第六篇

滔滔长河怀故史，斑斑笔画记春秋

第七篇

杨柳羌笛关山雪，戎马赤忱家国心

第八篇

旖旎缱绻凄凄意，月夜谁人寄相思

第一篇

春夏秋冬流光转，节气循环诗意新

1．立春 杜甫

【原文】

春日春盘细生菜，忽忆两京梅发时。

盘出高门行白玉，菜传纤手送青丝。

巫峡寒江那对眼，杜陵远客不胜悲。

此身未知归定处，呼儿觅纸一题诗。

【注释】

春盘：古代流传的习俗之一。立春之日将韭菜、春饼等食品放置在盘子里头，以供食用。因其寓意“迎新”，所以称作“春盘”。

两京：唐朝时代，京都为长安，东都为洛阳，故有“两京”之称。

高门：汉未央宫殿门。

青丝：此处指切细的生菜丝。

巫峡：长江三峡之一，因巫山得名。

【译文】

立春时节所食用的春盘上头那些青翠欲滴的青菜与春饼，忽然让人想起旧时年岁过立春日的情景。那个时候，适逢此时，皇帝便会命一众宫娥婢女将春盘端出赏赐给群臣，那样的场景，好不欢乐。而如今的立春，我隔着巫峡滚滚的江水眺望，只见满目疮痍，再无旧昔繁荣景象，不禁让人悲从心起。何时何日，才能重见旧日兴盛？然而在悲愁之余却是无可奈何，只能将满腔思绪借笔端赋诗一首。

【赏析】

在人的一生之中，总是期盼能将诸多的美好记忆记取留存。很多时候，我们总是对自己经历过的所有快乐的记忆念念不忘，如数家珍，因为就在回忆之中，我们记取了欢笑，并由此找到了生活的意义。当然我们也常常因此而顿生伤感，追忆从前的美好，感怀此刻的时光难再。

杜甫的一生近乎是在漂泊之中度过的，从唐代宗大历元年（766年）开始，杜甫寓居夔州（旧址在今重庆奉节县），一直到大历三年（768年）离开蜀地。《立春》作于安史之乱结束数年之后，杜甫漂泊异乡寓居夔州时，恰逢立春，眼前的离乱漂泊与心头的无所栖息促使他念起昔日“太平盛世”，炎凉悲愁之余创作了《立春》。

起首四句是杜甫对于太平岁月的美好回忆，他从“晋人立春日以芦菔”“以芹菜为菜盘相馈赠”的风俗忆起，再到回忆起当年梅花盛开时，自己在“两京”过立春日时的美好情景，高门处处摆满春盘，由宫女贵人们的纤纤玉手传递着，映入眼帘的是娇翠欲滴的白玉青丝，此情此景，甚是欢乐。于是杜甫心中极为快乐，心中的喜悦一来，写入诗中的意味也就显得特别灵动，单单只是用了一个“细”字，便将“春盘”上头青翠欲滴的新鲜感表达出来了。

古时候，作为汉族民间节日传统食品的“春盘”曾流行于中国各地，其中要数江南等地尤为流行。晋周处《风土记》之中曾有这样的记载：“正元日，俗人拜寿，上五辛盘。五辛者，以发五脏气也。”唐代的《四时宝镜》载：“立春日食萝菔、春饼、生菜，号春盘。”明代李时珍说：“以葱、蒜、韭、蓼、蒿、芥辛嫩之菜杂和食之，取迎新之意，谓之五辛盘。”“五辛盘”所指的就是“春盘”，一种流传于世的古俗。

春天来了，带着希望、带着耕耘的期待与动力，人们备感欣喜，便将食用春盘作为迎接春天的一种仪式，并将之作为礼物，馈赠亲朋好友。于是纤手、笑脸、祝福、希望，人们用快乐与祝福交汇成一幅祥和而热闹的初春画卷。

正当大家沉醉在回忆所带来的愉悦中时，转折出现了。

“巫峡寒江那对眼，杜陵远客不胜悲”这两句诗，是杜甫对自己当时身处的困境的真实写照。因为经历了一场安史之乱，乱世纷纷，而他自己更是困居于夔州再也不能过那样的立春日了。如此的现实，不由得令人深深惋惜。

众所周知，原本的唐朝盛世，经历了一场“安史之乱”后已是元气大伤。在兵荒马乱的岁月中，山河失色，民众流离失所，朝不保夕，又何来什么条件庆祝过节迎春呢？流离失所的杜甫此时此刻面对着眼前巫峡大江，满腹的愁绪自然也犹如东去的一江春水般，波涛翻涌，久久难以平息。然而，时势如此，又能如何呢？万般无奈之际，只能将满腹悲愤化作千古诗篇，咏叹流传。杜甫在这首诗作之中透露出来的那一份胸怀国事，心系苍生，先天下之忧而忧的铁骨情怀令人深深敬佩。

2. 长安清明　韦庄

【原文】

蚤是伤春梦雨天，可堪芳草更芊芊。

内官初赐清明火，上相闲分白打钱。

紫陌乱嘶红叱拨，绿杨高映画秋千。

游人记得承平事，暗喜风光似昔年。

【注释】

梦雨：春天如丝的细雨。

可堪：意思是不能忍受。

芊芊：草木茂盛的样子。

内官：经常接近君主的臣子，亦指宦官。

紫陌：大路之意。

红叱拨：此处指骏马。

画秋千：装饰美丽的秋千。

【译文】

清明时节到了，纷纷细雨带着春天的脚步降临人间，大地一片芳草青青，宫中已将钻木取的新火赐给了大臣，而悠闲安逸的大臣最为迷恋的，便是以蹴鞠为戏了。大道上有骏马嘶鸣，绿杨丛中，有秋千翩跹飞舞。人们对于太平盛世时的盛事之乐记忆犹新，很是怀念，但恰恰眼前的此情此景和当年的喜乐风光极为相似，不由得令人沉迷其中觉得隐隐快慰。

【赏析】

韦庄这首通过写清明时节的人事与景物，表达自己心中对曾经的大唐盛世的怀念以及对现实朝政状况极为失望的诗作，写于唐昭宗景福二年（893年）至乾宁元年（894年）期间。这个时期的大唐江山风雨飘摇，经连年的战火洗劫，长安城中早已是残垣断壁，满目疮痍。此期间的韦庄正好在长安城应进士试，面对此番景象，他禁不住追忆旧时的繁华气象，心中忧愁顿生。

诗作一开始，韦庄所引用的是杜甫《登楼》诗中“花近高楼伤客心，万方多难此登临”一句的意蕴，借以抒发自己此时满腹伤春失落的愁绪。春雨霏霏的时节，本就令人觉得萧条阴沉，再加之此刻的心中愁闷郁苦，就连原本翠玉葱葱的芊芊芳草都不觉得新鲜，反而增添了许多凄迷冷落之感。首句的“蚤”通“早”之意，“蚤是”“可堪”同是虚词，用在句首，构成了语意表达的递进关系，韦庄借此将自己内心的凄楚深长急切地表达了出来，又在紧接着的下一句中，转写朝廷内外的游人正在赏春游玩，丝毫不觉哀伤，与自己此时的心情以及王朝的气数形成反差巨大的对比。

接下来的颔联中所描写的是宫中关于清明节的风俗和游乐的情景。在这一联中，我们需要提及一个与清明节相关的传统节日——寒食节。

民间古俗将清明节前一两日，也就是夏历冬至后一百零五日称为“寒食节”。相传在这一日中，人们约定必须禁止烟火，只吃冷食。因而寒食这一日，惯例是把冬季保留下来的火种熄灭了，然后等到了清明，重新通过钻木得到新的火种。这也是另一位诗人韩翃在他的《寒食》诗中所云：“春城无处不飞花，寒食东风御柳斜。日暮汉宫传蜡烛，轻烟散入五侯家。”

诗作之中“内官初赐清明火”，内官指朝廷中的亲近臣僚，皇帝的宠臣。初赐清明火：一种古代风俗，在寒食节这一天把冬季保留下来的火种熄灭，等到清明，重新钻木取火，同时把新的火种赐给近臣，以示宠爱。句中的“初”字用得极有意思，此时是动乱刚定，朝廷便复行旧日礼制，如此的现状，原本该是值得庆幸的，但可惜的是此时的朝廷与群臣，都没有将复兴朝政作为首要的重任来进行，而是贪图安逸，散漫任之，着实令人愤憾，承接着后面的“上相闲分白打钱”一句中所描写的宫中蹴鞠游戏之乐，问题就更加明显了，其中的一个

“闲”字，将无所作为的朝臣们的状态展露无遗，不由得令人深深叹息。

宫廷之中的状态如此，宫廷之外的状态又是如何呢？韦庄的笔触继续铺陈，此时此刻，宫外是一番游春踏青的热闹景象。郊野的阡陌大道之上，骏马络绎穿梭，时而嘶鸣不已，游春的达官贵人络绎不绝；而在绿杨掩映的庭院深处，女子们正一脸娇俏地荡着秋千，笑声响彻整座庭院。

这一句中的气氛是极为热闹的。一场热闹非凡的聚会，一次欢乐到极致的狂欢，一个“乱”字、一个“高”字，道尽了晚唐时代人们沉湎在纵恣冶游的“世纪末”的狂欢之中的那种生活状态。韦庄徘徊于人群之中，周遭的欢声笑语忽然令他感到一丝欣慰。至少，如今的热闹与喧哗，像极了曾经的繁华，可以暂时令人忘却兵荒马乱的痛苦记忆，不如乘着春光正好，尽情徜徉吧？可是，欢愉又谈何容易呢？韦庄深深地明白，眼前的“升平盛世”其实只是表象，透过这种虚假的繁荣，他仿佛已经看到大势将去的结局，他心生抗拒却又无能为力，只能置身此间，用冷峻且忧伤的目光，静静地注视着一切，等待着故事的结局。

3. 破阵子·春景 晏殊

【原文】

燕子来时新社，梨花落后清明。池上碧苔三四点，叶底黄鹂一两声。日长飞絮轻。

巧笑东邻女伴，采桑径里逢迎。疑怪昨宵春梦好，元是今朝斗草赢。笑从双脸生。

【注释】

破阵子：又名“十拍子”，词牌名。双调六十二字，平韵。“十拍子”的原出处为李世民执唐秦王时期的巨制以武为舞的曲子《秦王破阵乐》，原意指唐代教坊中的曲名。

碧苔：碧绿色的苔草。

飞絮：飘荡着的柳絮。

巧笑：形容少女美好的笑容。

逢迎：碰头，相逢。

疑怪：诧异，奇怪。这里是“怪不得”的意思。

斗草：又叫“斗百草”，是古代流行在女孩中的一种游戏。历史中各朝代的文人墨客作品中对斗草这项嬉乐也有描述，其中较有代表性的《观儿戏》中这样描述道：“弄尘复斗草，尽日乐嬉嬉。”梁朝墨客宗懔的《荆楚岁时记》中云：“五月五日，四民并踏百草，又有斗草之戏。”

双脸：指脸颊。

【译文】

从远方飞来的燕子终于赶上社祭之时，娇艳的梨花渐渐零落，清明再一次来到了。清澈的小池之中漂浮着几片碧绿的水草，树枝掩映的林子深处，偶尔传来了黄鹂鸟的几声歌唱，到处都是纷飞的柳絮。

阡陌之上，有正欲去采桑的少女与东邻的女伴邂逅，见着女伴一脸倩笑，她的心中充满疑惑，难不成是昨晚做了个春宵美梦，今朝才这般欣喜呀？哦，非也，原来是今天与人斗草获得胜利了呢！说着说着，少女的双颊不由得又浮现出了笑意。

【赏析】

中华民族是个热爱大自然的民族，因为这一份与生俱来的、对真善美的追求，千百年来的人们围绕大自然中精彩纷呈的各种物候，编撰了“花历”“二十四番花信风”这类的记载。自然界的花鸟鱼虫、飞禽走兽、千树万木等，所有的生命力都是遵循自然界中的季节时令而展开活动的。它们季节性的活动、生命的延续与生命力的衰竭与气候变化息息相关，甚至与气候的变化相辅相成，如植物的萌芽、开枝散叶、成熟结果、自然衰败；动物的蛰眠复苏、始鸣活动、集体迁徙等。人们经过总结这些大自然的节律现象，最终称其为“物候”，也就是俗话所说的“花木管时令，鸟鸣报农时”。

在二十四节气中，春分与清明紧挨着，标志着大自然生命的复苏，从春寒料峭真正走向春光明媚，这是一年春光灿烂的最佳时节。古时候，每年的春秋时节都有春社和秋社两个社日。而在这两个社日之中，春社是人们所更为重视的。每到此时节，人们便会放下手头上的所有工作，开始各种各样的聚会与欢宴，酒食分餐，赛会欢腾；闺中少女，也借此走出深闺，两两相约，出门游玩。一时一地极为热闹。晏殊在词中所说的“新社”指的便是这春社之时。

在晏殊的这首词作之中，时序风物的记载细致得近乎一丝不苟。透过他的文字，你仿佛置身春光之中，扑面而来的气息洋溢着春天特有的芳润；映入眼帘的，是春天的万紫千红，是池畔苔生鲜翠；清明的花信三番指的是什么呢？那就是桐花、麦花与柳花。因为心情美好、心有所期，晏殊写下“日长飞絮轻”，“日长”暗示季节已经开始变化，虽然多少有点惜春的意味，但是柳絮在空中飞舞，却描绘出风和日丽的春日景象，这一句与朱淑真的《初夏》诗："谢却海棠飞尽絮，困人天气日初长"有着极其神似的艺术手法。因而，历朝历代的文学评论家每每品读评论至此，皆会赞叹"写景，状物，而不知时序推迁，触人思绪也"。

一首愉悦的好词，总能带给人们共鸣感，晏殊品读《春景》，正沉醉于春光正好、良辰佳节，于是在他的笔下，便又出现了两位翩跹少女，巧笑倩兮，美目盼兮地相遇在采桑的路上。刚一见面，少女之间便开始对话了，一个问道："你今天怎么这么高兴？是昨夜里做了什么好梦吧！快说来听听！"另一个则笑着回答道："莫胡说！人家刚才和别人斗草玩儿来着，恰好赢了别人家呢！"在我们读过的诸多诗与词之中，写少女悲伤哭泣的句子很多，写少女倩笑盈盈的句子却不多，而能用区区"笑从双脸生"五个字，便将少女的笑颜写得到位传神的，就更少了。

一首佳作，总能带给人各种各样的，身临其境般的感同身受。晏殊的这首《破阵子·春景》便是其中之一。看那翩翩起舞的灵巧燕子，飘飘凋谢的洁白梨花，清新翠绿的碧苔，声声清脆入耳的鸟鸣，笑靥如花的少女，当所有充满春天气息的美好景致交汇在一起，一股青春正当时的气息让人留恋不已。

4. 初夏　朱淑真

【原文】

竹摇清影罩幽窗，两两时禽噪夕阳。

谢却海棠飞尽絮，困人天气日初长。

【注释】

两两：成双入对的。

时禽：泛指应时的雀鸟。

噪：聒噪、吵扰。

谢却：凋谢、谢掉。

絮：柳絮。

困人天气：指初夏使人慵懒的气候。

日初长：白昼开始变长了。

【译文】

微风中，摇曳着的竹子将自己清雅的影子投射在原本就幽静的窗户上，加深了静谧的氛围，夕阳中，出双入对的鸟儿正在振动翅膀、高声鸣叫。这海棠花凋谢、柳絮纷飞的初夏，白昼似乎变得越来越长了，炎热的天气让人感觉甚为困乏。

【赏析】

朱淑真，号幽栖居士，南宋著名女诗人，北宋神宗元丰二年生于浙江钱塘，是唐宋以来留存作品最丰盛的女作家之一。她一生经历悲凄，情感郁郁，作为女性诗人，凭借杰出的才华与李清照齐名。

古有人云："宋妇人能诗词者不少，易安为冠，次则朱淑真，次则魏夫人也。"

才华横溢的朱淑真，经常被人拿来与李清照对比。但颇具遗憾的是，尽管朱淑真被后世视为南宋著名女诗人，但在她生活的年代并没有受到过多的关注，自然在当时并没有"唐宋以来留存作品最丰盛的女作家之一"这样的定位，后期南宋的魏仲恭无意间读到了她的诗词作品，被其作品"细腻婉约"的风格所打动，于是将其诗词整理成《断肠诗集》，这个集子再经过后人的不断增订，方有了今日《断肠集》300多首诗词的积累。

诗作所描写的是春末夏初之时的一番景象，并借此抒发了诗人那一份郁郁寡欢的心情。诗作的前两句将呈静态化的“清影”和“幽窗”同呈动态化的“竹摇”和“鸟噪”相互结合，令人读之甚觉犹如身在其中。诗的后两句则是将前句之中的烦躁情绪做进一步的深化处理，将初夏时分海棠花凋谢、柳絮飞尽的伤感，以及炎热的天气让人感觉甚为乏困的烦恼勾勒得入木三分。全诗虽说仅有淡淡几笔，但是巧妙地将情绪寄托于景物之中，令人动容，极具感染力。

女性情绪易受外界事物的感染，因而朱淑真的作品有一个显著的特点，就是诗中有画意。她的诗写景、写人简洁生动、形神兼备，如同一幅幅图画，安静、悸动、热闹、孤寂，各种各样的情感蕴藏其中，艺术特色别具一格。

5．幽居初夏 陆游

【原文】

湖山胜处放翁家，槐柳阴中野径斜。

水满有时观下鹭，草深无处不鸣蛙。

箨龙已过头番笋，木笔犹开第一花。

叹息老来交旧尽，睡来谁共午瓯茶。

【注释】

湖山：湖水与山峦。胜处：美好的地方。

野径：村野小路。

无处：所有的地方。鸣蛙：指蛙鸣，比喻俗物喧闹。

箨龙：竹笋的异名。

木笔：又名木兰花。

叹息：叹气，嗟叹。老来：年老之后。交旧：旧友，老朋友。

瓯：杯子。

【译文】

我的家在那湖光山色荡漾之地，槐柳树荫下面有小径幽幽直通远方。每当湖水满溢之时便会有白鹭在此翩翩飞舞，每当湖水溢出，湖边还常常能够看到青蛙出没。眼看着竹笋已经成熟了，但木兰花才刚刚开始绽放。当年的旧相识此刻早已不见，午睡梦回清醒时，坐于茶台之前，只问到底有谁能与我共品香茗话当年。

【赏析】

赵翼在《瓯北诗话》中说道："古来作诗之多，莫过于放翁。"在淳熙十六年（1189年）到嘉定二年（1209年）期间，陆游成品诗作篇数高达六千六百篇。而在其诗歌作品中，陆游晚年退隐山居时所创作的乡村野居一类占有相当篇幅的比重。这首《幽居初夏》就是陆游晚年时期的应景创作。

整首诗作紧紧围绕"幽居初夏"四字而展开，着重于"幽"字的描写与表述，景是"幽景"，情亦是"幽情"，而"幽情"之中又暗藏着幽幽的恨意。

无忧无虑的乡村是极为写意的，从前六句诗句对于幽静景色的描写，我们似乎可以感受到陆放翁那一份怡然自得的乐趣，以为陆放翁此时已是完全寄情物外，安于终老是乡了。但是到了结联之处，放翁的笔锋陡然一转，于声声长叹中，大写一个“老”字。本以为是花红柳绿、姹紫嫣红、万物欣然的初夏好时光，却不料时光中的老翁早已是心情衰减，老而易倦，倦而欲睡，睡醒则思茶。而当他将一杯清茶捧在手中的时候，却骤然想起昔日旧交好友此时早已零落殆尽，再无他人可以与和自己品茗谈心，享湖山之乐了，想到此处，心情不禁万分失落，不言而喻的落寞涌上心头。四顾茫然，无人诉说。

梁清远所著《雕丘杂录》中对陆游山居村野的作品这样评说：“陆放翁诗，山居景况，一一写尽，可为村史。但时有抑郁不平之气。”陆放翁一生忧国忧民的同时又甚为热爱生活，这首《幽居初夏》就是他坚忍执着的个性的完美闪现。

6. 临江仙·柳外轻雷池上雨 欧阳修

【原文】

柳外轻雷池上雨，雨声滴碎荷声。小楼西角断虹明。阑干倚处，待得月华生。

燕子飞来窥画栋，玉钩垂下帘旌。凉波不动簟纹平。水精双枕，傍有堕钗横。

【注释】

轻雷：雷声不大。

阑干：纵横交错的样子。

月华：月光、月色之美丽。这里指月亮。

画栋：彩绘装饰了的梁栋。

玉钩：精美的帘钩。

【译文】

柳树林中传来阵阵轻雷鸣响，蒙蒙细雨落在池中泛起涟漪；滴落在荷叶之上发出阵阵淅淅沥沥的细碎之声。不久之后小雨停了下来，一道彩虹挂在了小楼西北角的屋檐之上。我们靠坐在栏杆边上，静静地等待着月亮东升。

燕子飞回门前，悄无声息地停留在画梁之上，就好像清凉的一池清水，却安静地毫无波纹涌动。我将水晶双枕放在床上，此时她的金色蜻蜓发簪从头发上掉了下来，横在枕头的一侧。

【赏析】

每每品读欧阳修的这首词，心中总是荡漾着一股“只羡鸳鸯不羡仙”的情愫。在忙忙碌碌的现代社会中，我们总是为了生活而忙于奔波，直到最后身心疲惫，近乎崩溃，却忘了其实很多时候，我们真的不需要太多，只要真正爱着的那个人陪在身边就好，管他此刻是否正是惊雷阵阵，风雨飘摇时。

虽然填词之人未曾交代过柳树究竟长于何处，但是因为雷声自柳树那一方传来，本应是巨响一声的当头霹雳，此时因为有了柳树的阻隔而音量减小，成为隐隐而响的“轻雷”。如此表述所营造的意境，不俗于雷声大作，响彻耳畔的效果。雷声虽然响在柳外，雨滴却已落入池中，此时池水与雨水相互辉映和交融，浑然一体难分彼此。当雨点滴落在小池之上时，雷声已是停息，只留下飒飒的声响，原来是“雨声滴碎荷声”。

雷声、雨声、荷叶婆娑之声，声声交融，大自然浑然天成的一切，总是这般美好。

夏日之中的阵雨，从来不会很猛，只是偶然一阵罢了，当天空放晴的时候，一弯断虹出现在天边，衬着斜阳，清明如洗的碧空是这般美丽。这样的自然美景，词人却并没有多用浓墨铺陈，只是用了一个“明”字便将之悉数写尽了。

7. 秋词 刘禹锡

【原文】

自古逢秋悲寂寥，我言秋日胜春朝。

晴空一鹤排云上，便引诗情到碧霄。

【注释】

悲寂寥：悲叹萧条。

春朝：春天。

排云：指排开云层。排：推，有冲破的意思。

碧霄：青天。

【译文】

自古以来，人人在秋日中提笔都备感萧瑟与凋落的悲凉之意，依我而言，大可以换个角度去品读秋天，它因收获的时节所带来的饱满积极的色彩远远胜于春天。君且看远处的一只仙鹤在秋日的晴空之中展开翅膀，排开云层，冲天而飞，我磅礴的诗情被瞬间引发，随着这只仙鹤直冲云霄。

【赏析】

春夏秋冬，四季更替，大自然总是赋予我们不同的色彩以及不同的感悟。那么提及“秋天”你又是一番什么样的感受呢？总有人说，秋天是属于离别的，当树叶离开了大树，当花儿悉数凋零，这个季节，总是有太多的人被秋天的种种离愁别恨牵扯着。于是，有太多的诗人墨客，他们善于在秋天之中咏叹别离，牵挂远方。

当众人都在围绕着秋天“为赋新词强说愁”时，刘禹锡的这首《秋词》，却一反常调，另辟蹊径，以饱满的热情和正能量的阳光情怀，透过秋日的万里晴空讴歌了秋天的美好和丰盛，从而以诗言志，表达了从阳光角度对待人生的积极态度。

“自古逢秋悲寂寥，我言秋日胜春朝”这一句中，字里行间满溢着一份豁达的潇洒和足够的自信，诗句以议论起笔，斩钉截铁否定了前人悲秋的心态和以此泛滥的观念，饱满向上的炽烈能量灼烫人心，积极向上的情感引人注目。刘禹锡是自信的，因为自信，所以他敢于说“我言”，即使创作这首诗的时候，他正被贬朗州，仕途的坎坷，并没有令他失落颓废，而是用大气、豁达的胸襟，去溶解自己的不幸际遇。诗人对于秋天的景象是有着充分的认可的，且融入了自己对于秋天的更高、更深一层的理性思考，因而他很确切地告诉众人“我觉得秋天这个季节‘胜春朝’”。

接着“晴空一鹤排云上，便引诗情到碧霄”一句，刘禹锡紧紧地抓住了秋日浩瀚高空中“飞鹤凌云”的景观，简洁却十分准确地突出了秋日万里晴空的开阔景象。如此的一番景象，谁人能不向往呢？腾飞的白鹤，仿佛正载着他的所有诗情，自由飞翔，一同遨游到了云霄。切不要认为如此的一只白鹤是极为孤独的，要懂得这只展翅而飞的白鹤所呈现出来的气势，是极富画面感的，它的非凡气势，令人读之荡气回肠。

8. 霜月 李商隐

【原文】

初闻征雁已无蝉，百尺楼高水接天。

青女素娥俱耐冷，月中霜里斗婵娟。

【注释】

征雁：此处所指的是南飞的大雁。

无蝉：雁南飞时，已听不见蝉鸣。

楼高：一作“楼台”。

青女：主管霜雪的女神。

斗：比赛的意思。

【译文】

当人们听到南飞的雁鸣时，蝉儿早已销声匿迹了，我登上高楼，在那里极目远眺，只看见远处的水天相接。万籁俱寂的萧瑟时节，浩瀚天地间唯独只剩霜神青女和月中嫦娥不畏萧瑟寒冷，依旧守在寒月冷霜之中争奇斗艳，互相攀比着美好的姿容。

【赏析】

李义山这首《霜月》写在一个深秋时节，清冷寂静的夜晚，他在一座临水高楼上，在秋夜与秋水相遇的霜冷之感中观赏霜月交辉的情境。恰恰在深秋的夜晚，秋意寒凉，月白霜清的景致，不禁使人心旷神怡。

这首作品，李义山虽然描写的是深秋的月夜景色，但他却偏偏不从静态描写写起，而是借用神话传说来描述月夜冷艳之美。

《礼记·月令》中这样说道："孟秋之月寒蝉鸣，仲秋之月鸿雁来，季秋之月霜始降。"因而诗作的首句"初闻征雁已无蝉，百尺楼高水接天"说的便是听到南飞大雁啼叫声时，已经听不到蝉儿的鸣叫，周遭唯见秋空明净，月光清冷、皎洁如水，与遥远的天边相互辉映融成一片。第三、四句"青女素娥俱耐冷，月中霜里斗婵娟"写的是超凡神女在相互比美，争相斗艳的想象场景。"青女"形象出自民间的良好夙愿，传说是主管自然霜雪的形象美好、心性善良的女神；素娥则是我们所熟悉的嫦娥，她是月宫中的仙女。青女和嫦娥身上所蕴含的不畏严寒的精神是诗人从霜月里发掘出来的自然之美，同时也反映了李义山身处乱世，却依然执着地追寻美好、向往光明的秉性，是他至臻性情的自然流露。

9. 南乡子·秋暮村居 纳兰性德

【原文】

红叶满寒溪，一路空山万木齐。试上小楼极目望，高低。一片烟笼十里陂。

吠犬杂鸣鸡，灯火荧荧归路迷。乍逐横山时近远，东西。家在寒林独掩扉。

【注释】

寒溪：寒冷的溪流。

陂：山坡。

荧荧：灯光闪烁的样子。

寒林：秋冬的林木。

【译文】

深山小道之中，寒冷的小溪漂满了红色落叶，寂静无人的山林之中，只有树木整齐地矗立着。我试着登上小楼向远处眺望，只见群山高低起伏。十里连绵的山坡，被笼罩在烟雾弥漫中隐约可见。

远处传来几声鸡鸣狗吠，前方偶有灯光闪烁，我忽然找不到回去的路了，只能沿着横亘的山路朝前走去，忽远忽近，时东时西，直到看见隐藏在林木深处的山中人家，此时门儿紧闭，安静且孤独。

【赏析】

容若这阕词的上半阕描写他独自去往“村居”的一路自然所见——“红叶满寒溪，一路空山万木齐。”在此景致之中“红叶”“寒溪”“空山”“万木”构成了此词中的第一个美丽画面。试问如此美丽的暮秋村居景色，怎能不让人为之深深吸引呢？于是，容若接着又写自己登上小楼，去极目眺望周遭的景色时，眼中所看到的第二个画面“高低。一片烟笼十里陂”这个画面，就更为层次分明了，在薄雾的笼罩下，四野一片朦胧，在迷蒙之中，隐隐约约可以看到远近之处，或有池塘，有水边或者水岸，有山坡或者斜坡，高低错落却又浓淡有序，犹如一幅意境深远的水墨山水画。

词的下阕首句“吠犬杂鸣鸡，灯火荧荧归路迷”整合自陶渊明“狗吠深巷中，鸡鸣桑树颠”，用“吠”“鸣”二字，把所有的焦点自远方拉往近处，由狗叫声和鸡鸣声引发出村居所在的人家，此时在高高低低、悠远空旷的敲钟声和诵经声里，独掩着柴门，炊烟袅娜，衬着整座远山，显得极为幽静恬淡，如与世隔绝的桃花源一般。

这首以轻灵浑朴的笔调描绘出村野田园的风光情趣的词作，是纳兰词中极为少见的精品。由远及近，层次分明，动静相间，有声有色的景象描写，让读者体验到犹如正在欣赏一幅优美安详、恬淡静谧的水墨山水画一般的美妙。

10．冬十月 曹操

【原文】

孟冬十月，北风徘徊，

天气肃清，繁霜霏霏。

鹍鸡晨鸣，鸿雁南飞，

鸷鸟潜藏，熊罴窟栖。

钱镈停置，农收积场，

逆旅整设，以通贾商。

幸甚至哉！歌以咏志。

【注释】

徘徊：往返回旋；来回走动。流连；留恋。

肃清：清扫。形容天气明朗高爽。

繁霜：繁多的霜雾。浓霜。

霏霏：飘洒，飞扬。泛指浓密盛多。

鹖鸡：大鸡。鸟名。似鹤。凤凰的别名。

鸷鸟：凶猛的鸟。如鹰、雕、枭等。

潜藏：潜伏隐藏。

熊罴：熊和罴。皆为猛兽。

窟栖：窟穴里栖止。

钱镈：两种农具名。后泛指农具。借指农事。钱，铁铲。镈，锄一类的农具。

农收：农作物的收获。谓农事终了。

积场：囤积在场院。

逆旅：客舍；旅馆。旅居。

整设：整理设置。

以通：用以通商。

贾商：商贩。

【译文】

虽然十月时节还只是早冬初临，可是天气渐凉，寒冷初上，北风也开始冷飕飕地刮个不停，初冬的凉意渐寒，终于降下寒霜，又厚又密，一时间大地氛围静默肃杀，凉意侵骨，鹖鸡鸟在早晨就开始此起彼伏地鸣叫，大雁也应着节气向南飞去寻找温暖，各种飞禽走兽也在风霜中销声匿迹，就连魁梧的熊也已经入洞冬眠。气氛肃杀，一派严寒却在细节中滋生出宁静和安定的景象。“鹖鸡”这种动物据史料记载，形似天鹅，属于鸟类，羽毛呈黄白色。作品中“钱镈停置，农收积场。逆旅整设，以通贾商”这四句写冬日之中的人和事。农民放下了农具，因为到了暂停劳作的时节，丰收的庄稼也堆满了谷场，仅仅八个字就描绘了一幅农家安居喜乐图；而旅店正在布置设施，以便往来的客商顺利入住，通过文字勾勒了一幅富有生机的初冬景象。

【赏析】

建安时期是我国历史上一个不平凡的年代，时势造英雄，把曹操推上了历史舞台。身为出色的政治家和军事家，以及一代独领风骚的文学家和建安文学新局势的拓建者，曹操向来注重“外定武功，内兴文学”。一方面，凭借自己在政坛中的领导力，广纳天下贤才，以其政坛地位和魅力网罗除孔融外的“建安七子”投其门下，甘愿效忠；另一方面，他用自己极富文学魅力的作品开创了文坛历史上的新风气，以其诗歌中慷慨悲凉的独特风格，奠定了“建安风骨”的基调。

曹操的诗如“幽燕老将，气韵沉雄”，大有深沉饱满、内敛却雄健的气势，看似“清俊”的风格之下跳动着一颗与传统强烈反差、与命运角斗抗衡的烈心。他的作品《短歌行》流传于世，广为传诵，被誉为“四言极品”，这首作品的诞生使得自《诗经》之后逐渐没落的四言诗重新焕发出生机。

朱乾说：“《冬十月》，叙其征途所经，天时物候，又自秋经冬。虽当军行，而不忘民事也。”这首诗动静结合，大中有小，小中有意。所写景致都是曹操在路途中所经历的，天时物候、自秋入冬的兽鸟草木都是动静结合。虽当行军，却不忘民事，对民生、民声详闻乐见，也恰恰体现了曹操心系天下统一、心系万民安定的政治理想，可谓赤子豪情下流露的一抹柔情。

11. 夜雪　白居易

【原文】

已讶衾枕冷，复见窗户明。

夜深知雪重，时闻折竹声。

【注释】

讶：惊讶。

衾枕：被子和枕头。

【译文】

夜晚的枕头像冰一样冷，不由得让我辗转难眠，看见窗户被白雪映射出来的光线所照亮。虽然已是夜深时分，但我却依然知道此时的雪下得很大，这是因为即使躺在房间里，还能够听到雪把竹枝压折所传来的声音。

【赏析】

洁白晶莹的雪花自天空飘落到人间，以洁白晶莹的肌体，装点着尘寰，引得古往今来的无数文人墨客为之深深赞叹。在咏雪的诸多诗词之中，白居易这首《夜雪》诗作，既没有专门作色彩描写的刻画，也没有刻意作姿态方面的描摹，而是角度独特，立意不俗，避开了绝大多数文人擅用的正面直观描写的手法，全局以侧面烘托，反而更加生动传神地写出一场别具韵味的纷扬夜雪。

白乐天提笔，先从雪给予人的感觉着手，以“冷”描摹一场纷纷扬扬的大雪。在北方生活过的人们便会有这样的生活经验，冬天刚开始下雪的时候，空气之中的寒气因为被水汽所吸收而凝结成雪花，所以气温不会马上随之下降，而是要等到雪越下越大的时候，才会加重空气中的严寒，人才会渐渐觉得冷起来。诗作此处写已经感到衾冷，由此可见这是一场早已落了多时的大雪。白乐天不仅以“冷”写雪，同时也以“讶”写雪。因为雪花落地，无声无息，没有下雨时的淅沥声响，所以落雪之初，屋中的人们无闻其声，自然也就浑然不觉，一直待到寒冷袭来才忽然醒悟，方知雪已经下了多时。“复见窗户明”简单五字，道出是从视觉的角度描写夜雪，其间未写雪的颜色，却从一个“明”字再现了雪的亮白刺眼，委婉地表达，直接地描摹。因为积雪的反光会给暗夜带来亮光，所以能够在夜深之际，透过窗棂看见窗外的亮光，也恰恰说明雪下得很大，积得很深。上面的这两句用的全是侧面描写，却每每以描写人的视觉触点，去点出夜雪的存在。

“夜深知雪重，时闻折竹声”之处所用的，仍然是侧面描写，只是再不是先前的视觉描写，而是换之以听觉的角度。以写耳畔传来积雪压折竹枝的声音，来告知众人这一场雪落的趋势一直有增无减。“折竹”这一细节，是别有情致的。试想一下，于夜深之际，万籁俱寂之时，彻夜无眠的人儿耳畔响起了“折竹之声”是何等的一种意境啊！这一夜的无眠，除了因为感到“衾枕冷”之外，同时也透露出白乐天谪居江州时的那一份孤寂的心情。

恰恰因为白乐天心有深沉的怅意，又归静于现实生活，所以更显一份独具品位的情怀，能够在一个雪夜看得到“窗户明”，听得到“折竹声”，使得这一场静谧的夜雪仿佛下进了人的心里，以雪静衬托人的心理动态，对比强烈，诗意含蓄，韵味悠长。

12. 山中雪后 郑燮

【原文】

晨起开门雪满山，雪晴云淡日光寒。

檐流未滴梅花冻，一种清孤不等闲。

【注释】

清孤：凄清孤独。

等闲：寻常、一般。

【译文】

冬天的早晨，我早起打开屋门，发现山头一片洁白，原来是被早时的一场大雪所覆盖了。此刻，雪停了，天空晴朗，冉冉升起的太阳耀眼的光线透过淡淡的白云也变得寒冷了。此时，屋檐上的积雪还没有开始融化，院子里的梅花枝仍然被冰雪包裹着。这种清凛的寒冷中生出的寂静景致别具孤寂，是多么不同寻常啊！

【赏析】

郑板桥的《山中雪后》创作于天降大雪之后，触目景致进而生情，单从诗的表面来看是描绘了一幅极为细腻的冬日山居雪景图。他身处大雪之后的寒冷，眼见大雪之后的寂静严寒，写到自己内心深处的高洁和凄凉，诗表看似写景描物，诗实却是触景生情，以景和物交融一起的清冷之感，过渡到内心的孤寂，是典型的以物言志，委婉地表达了自己坚毅清高的性情和高洁傲岸的正直品质，同时也是对自己曲折坎坷的人生经历发出的深深慨叹。

清晨时分，他推开柴门，只见门外天地银装素裹、天寒地冻，就连刚刚升起的太阳也显得甚是苍白没有活力。庭院之中的屋檐下方正悬挂着一条条长长的冰溜子，它们非常坚硬，丝毫没有融化的迹象，墙角的梅花也好像被冻住了，被冰雪紧紧包裹着，似乎在这严寒中迟迟没有绽放的迹象。

“檐流未滴梅花冻，一种清孤不等闲”中对于“檐流未滴”“梅花冻”等的描写，是通过实景以突出天寒地冻的自然环境，而“清孤不等闲”一句则是透过实景延伸到对梅花凌寒坚强不屈的品格的赞美，诗句运用衬托手法，托物以言志。

郑板桥出身清苦贫寒，在他年轻时甚至曾流落街头，以卖画为生，更有令他不堪回首靠乞讨度命的辛酸日子，这些经历让他饱尝人间辛酸疾苦。然而尽管生活中遭遇的不幸给他的心灵带来严重创伤，但却从来未能压垮他的意志，反而激起他逆流而上的勇气，于是后人常常能在他的诗词作品中，感受到他的坚强隐忍以及对自己身世的感慨。

第二篇

花鸟草虫皆有品，一草一木总关情

（咏物诗）

1. 感遇三十八首（其二）　陈子昂

【原文】

兰若生春夏，芊蔚何青青！

幽独空林色，朱蕤冒紫茎。

迟迟白日晚，袅袅秋风生。

岁华尽摇落，芳意竟何成！

【注释】

兰若：兰花和杜若。因其花品性情，如兰花不以无人而不芳，杜若柔美而花期不久等，多被文人所爱，《楚辞》中屈原也曾对这两种花赞赏有加。

芊蔚：草木茂盛，一片碧绿的样子。蔚：通“郁”。

青青：即“菁菁”，繁盛的样子。

蕤：草木的花下垂的样子。

【译文】

春夏一到，兰花杜若竞相而开，条条枝叶兀自生长，格外茂盛。朵朵花儿绽放，朱红色的花下垂，覆盖着紫色的花茎，是一抹空绝林中群芳的秀丽色彩。白天的时间渐渐变短了，秋风渐起，眼见着时光流逝，花儿凋零，我忽然无端地觉得忧郁起来，美好的心愿到底何时才能实现呢？

【赏析】

唐朝诗人陈子昂这首以感慨身世及时政为主旨的五言诗，咏颂的是香兰与杜若芬芳秀丽的姿态，出自他所写的组诗《感遇三十八首》中的第二首。

公元661年出生的陈子昂是唐朝著名的文学家，因为他曾经担任右拾遗，所以后世都称其为陈拾遗。

诗作刚一开篇，陈拾遗便叠用了“芊蔚”与“青青”两个同义词来形容花与叶的茂盛，又将“何”字贯穿于两诗句中间，借此表达自己心中满是赞赏的态度。

在陈拾遗的眼中，香兰与杜若之美，不仅仅是花色的艳丽，而且是一种花冠艳美，绿叶衬托，花叶掩衬，枝茎交合，相映生辉，绚丽多姿的交融。

兰若不像菊花一般独自盛放，孤芳自赏中自命清高；也不像牡丹花那般妖娆多姿，自骨子里散发富贵华丽。它以自己独特的、与众不同的风韵而美。什么样的独特和与众不同呢？

花朵与花茎呈红紫交接，芬芳幽雅，秀外慧中，嫩叶青葱，整体显得明媚艳丽。正因为这样，才有了陈拾遗的妙赞："幽独空林色，朱蕤冒紫茎。"这是直接从正面实写兰若的姿色"绯红""绛紫"，浓墨重彩式的轮廓勾勒与细节刻画，字里行间流露出兰若的茎与花的美态。同时用"冒"字作为诗句结构与词性在艺术角度上的串联，将"朱蕤"与"紫茎"自然连成一体。朱红色的花朵下垂，覆盖着紫色的茎，花簇纷披，只是短短一句话的描述而已，兰若的风姿便活灵活现地跃然纸上。如此的秀色超群，卓然风姿，乃至于相邻群花黯然失色。对比与反衬结合而用，烘托了"幽独"二字，凸显诗中孤芳自赏的意蕴。

前四句赞美完兰若秀丽的风采之后，陈拾遗又在接下来的后四句中转而表达对兰若芳华渐渐零落的感叹。

由夏入秋，白天渐短。"迟迟"二字便是这种变化特点的概括，它遵循的是季节交替的自然过程。秋天到了，白日时间渐渐变短，接着"袅袅"秋风起。用"袅袅"形容秋风是对秋天的含蓄过渡，秋风微微泛起、寒意微澜的自然环境中却流露出一抹柔软，动中有静，静中衬动的艺术描写。然而千万不要忽略的是，看似温柔的"袅袅秋风"的真面目并不平和。因为秋风起，便意味着芬芳美丽的百花将随着季节的更替而凋零了，尽管这属于自然规律，但也未免令人为之感到惋惜，就如同战国宋玉所说的："悲哉秋之为气也！萧瑟兮草木摇落而变衰。”

陈拾遗用比兴手法所写的这首颇像五律的五言古诗，前部分以赞美兰若压倒群芳的风姿为依托，以其“幽独空林色”作为自己出众才华的比喻。后半部分则转入“白日晚”“秋风生”的无奈中，写尽芳华失去，寒意渐起，迟暮无奈何的沧桑，寄情于花草，寄意于花草的凋零，在这个从盛放到衰败的自然过程中感叹自己的年华逝去，孤寂凄婉，寓意心中郁郁而不得慰藉，是一首托物感怀的作品，由景寄意，意味深长。

2. 感遇十二首（其七） 张九龄

【原文】

江南有丹橘，经冬犹绿林。
岂伊地气暖，自有岁寒心。
可以荐嘉客，奈何阻重深！
运命唯所遇，循环不可寻。
徒言树桃李，此木岂无阴？

【注释】

伊：语助词。

岁寒心：意即耐寒的特性。

荐：进奉意。

树：种植意。

【译文】

在江南有一种植物，名唤“丹橘”，它的生长特点四季常青，逢秋不败落，过冬不凋零。之所以如此，并非因为江南的气候暖和，而是因为丹橘本身便具有松柏耐寒不屈的品性。我很想将这种植物进献给天子，只可惜此间山重水阻，如何是好？这就应了人们常说的那一句“命运遭遇往往不一，因果循环奥秘难寻”的意思了，我就偏偏不信，世间的桃树、李树可以被遍植成林，而唯独丹橘就不能如此？

【赏析】

这是一首咏颂丹橘的诗，是唐朝诗人张九龄的组诗《感遇十二首》中的第七首，是他遭贬荆州长史后所写的。通过对丹橘的细节描刻，展现了它高洁傲岸，坚贞不渝的品性，也借此排遣自己内心遭受排挤的无尽忧思。

试问世间花草树木品种万千，为什么张九龄偏偏要选中丹橘来赞颂呢？其中，有个三个重要的原因。

其一，沿用现代人的说法，张九龄的这首诗是“致敬”战国时期楚国诗人屈原的。因为生于南国的屈原当年也写过一篇歌颂丹橘的诗篇，叫作《橘颂》。在文中开篇屈原这样说道：“后皇嘉树，橘徕服兮。受命不迁，生南国兮。”原来，丹橘同屈原一样也是生于南国的，所以屈原托物喻志之意灼然可见。张九龄对于大诗人屈原必定是极为崇拜的，他曾引用过屈原的香草美人之喻，这一首也同样受了他的启发，借用了《橘颂》的诗意，以物言志，借丹橘的品质自喻，以展现自己品德的高尚、情操的卓越以及对理想的执着追求。

其二，极为巧合的是，张九龄和屈原一样亦是生于南国，而他的谪居地荆州的治所江陵便是当年楚国的郢都，恰恰是盛产丹橘之地。如此的巧合，实在也是一种冥冥之中的缘分。

其三，丹橘这种植物，除去与屈原、张九龄同处一处地域生长之外，到底又有什么特点值得咏颂呢？最重要的一点，便是它的“经冬犹绿林”。屈原的《九歌・湘夫人》中有一名句“袅袅兮秋风，洞庭波兮木叶下”，通过这个句子，我们可以了解到，即使是在南国，深秋一到，天气变冷，一般的花草树木也会凋谢零落，经不住严冬的摧残，但是丹橘却是个例外，即使是在冬天，它也依然能够保持盎然绿色，坚毅生长。就因为这个，张九龄极为称赞，诗句之中的一个“犹”字是他全部赞誉的所在。

丹橘竟然经历了寒冬也不凋零，依然保持一片绿林，这不正是能够经历风霜，品格坚忍的君子之风的表现吗？之所以能如此，是出于独特的地理优势，还是其树本性便是如此呢？张九龄说：“假若是地利使然，因为‘地气暖’的缘故，那也就没有什么值得赞颂之处了。然而并不是的，关键是丹橘本来便具有如同松柏般耐寒的品性。”这两句诗风格一扬一抑，张九龄率先抛出反诘之语一“纵”，又以肯定的语气“自有岁寒心”一“收”，让整个诗意波澜起伏，一扬一抑中在否定中加倍肯定，令诗作的艺术风格跌宕生姿。在这一处，张九龄特地赞美丹橘耐寒不畏严冬的节操，所以他用上了“岁寒心”这样的词汇。都知道“岁寒心”多数是用来形容松柏的，例如“岁寒三友”之类。《论语·子罕》中说：“岁寒然后知松柏之后凋也。”东汉时期的刘祯有《赠从弟》，其中这样表达：“岂不罹凝寒，松柏有本性。”松柏千古以来被赋予了同君子一般的尊崇与赞美，张九龄在此，将丹橘与松柏列为一处，便是要特意指明，丹橘之所以能在寒冬茂盛生长，绝对不是因为江南地气和暖的缘故，而是因为橘树本来就有耐寒的本性。于情于诗，以此寓意君子品性本就高洁不俗、卓越不凡，然而却并不是来自外界，或从自身之外修养得来，优秀不是一场表演，不需要观众，而是由内而外的自然生长。

赞颂完丹橘不畏寒冬的节操之后，张九龄又从丹橘结果累累，只求奉献于人的无私品格入手展开了另一番的评价。“人都说啊，如此不畏寒冬品格高雅的树林结出来的累累硕果就应该推荐给朝廷或者是皇上，作为御用的嘉果，可为什么却偏偏总是遭到重山深水的阻隔呢？实在令人感到无奈。”张九龄在此处是颇有感叹的，感叹什么呢？他是在借丹橘感怀自己的仕途，暗喻诸如自己这般正直高洁之士，本该得到朝廷的重用，却奈何因为各种各样外界的阻力，而致使自己有志难伸。令张九龄不能施展满怀抱负的这个阻力到底是什么呢？这个阻力其实不用明说，指的是当时的宰相李林甫把持朝政，致使诸多的贤良志士都无法施展抱负。

因为与丹橘有着相同的命运与遭遇，张九龄的思绪久久难平，最后，他将之延伸为命运的问题——“运命唯所遇，循环不可寻”。这样看来，命运所历经的波澜起伏，是由际遇的不同而决定的，其中的细节始末，怎么可能是局外之人读得懂，看得明白的呢？读这两句诗的时候，我们几乎可以感受到张九龄当时那种无可奈何、难以言说又委婉深沉的复杂情绪。然而最终只能报以无奈，若干复杂情绪仅用一句反诘收束全诗“徒言树桃李，此木岂无阴”。人家只忙着栽培种植桃树和李树，就是不要眼前这耐寒凌霜的丹橘，难道橘树就不能遮阴，一点用处都没有吗？

诗的前面说丹橘既可以“经冬犹绿林”，又有“可以荐嘉客”的好果子，那为什么还会遭遇不被人理会的际遇呢？其中，包含着一个出自《韩非子·外储说左下》的寓言。

寓言故事讲，阳虎离开齐国逃奔到赵地，赵简子依据传闻问道：“我听说你善于栽培人。”阳虎说：“我在鲁国时，栽培过三个人，他们都做到了令尹。后来当我在鲁获罪时，这几人不忘旧情都来寻找我，感恩于我。而我在齐时，也推荐了三个人，他们的资质卓越，经过考察都予以善用，一个人资质卓越超群能够有幸侍奉在君王左右，一个人小有成就成长为县令，另一个人性情刚正最终做了边防戍守官；然而当我在齐获罪时，如今侍奉在国君身边的大人不屑于接见我，做县令的那人不仅没有通融反而亲自前来捉拿捆绑我，而做边防官的那人一直追捕我到边境，最终没有追上才罢休。”阳虎苦笑摇头：“谈到会栽培人，我实在是愧不敢当。”赵简子低头笑着说：“种植橘柚，吃起来是甜的，闻起来是香的；种植枳棘，长大后反而刺人。所以君子栽培人时要慎重。”这则故事流传不衰，虽情节简单，却寓意深刻，在用人方面，选择大于培养。想要培养出人才，最初的选人尤为重要，是不是能为人民、为国家造福，最重要的还是取决于人本身的品性和道德；反之，过多投入培养也只会为害于人，为祸于国，“选人”和“培养”是不可偏废的。

张九龄这首咏丹橘的诗篇，看似平淡，但在短短的篇章之中却能时时用到发问的语句，正反起伏之势让人为之心潮起伏。诗篇之中那种温雅醇厚的语气，不论是愤怒抑或哀伤，总是如此恰到好处、点到为止，不着痕迹、不露圭角，炉火纯青的创作手法令人折服。

3. 辛夷坞 王维

【原文】

木末芙蓉花，山中发红萼。

涧户寂无人，纷纷开且落。

【注释】

辛夷坞：辋川的地名，今在陕西省蓝田县内。

坞：周围高而中央低的谷地。

涧户：一说指涧边人家；另一说山涧两崖相向，状如门户。

【译文】

山里头的木兰花开了，鲜红的花萼立在高高的枝条顶端上，它盛开在寂静无人的涧口，纷纷扬扬，热热烈烈，独自开放又独自落去。

【赏析】

王维乐于欣赏平淡景物中散发美的时刻，未觉得平凡生活乏味而不屑于咀嚼日子中的甘汁，所以王维的作品不仅能以细致的笔墨去描绘景物的生动形象，而且往往能透过景物的表象渲染出其内在的品质，让人们透过静态文字嗅到诗中景物当时所处的环境气氛，与诗中暗涌的精神气质。

读王维这首《辛夷坞》的时候，常常会觉得自己是在欣赏一幅精美的画作，画作之中，辛夷坞中漫山花开，遍野芬芳。

辛夷，实际是归属木兰花类，具体是指其植物的花蕾。属于落叶乔木，高3~4米，木带香味，有花朵先于枝叶前开放的特点。其花初出时尖锐如笔椎，北方根据其形似故叫作“木笔”，因其植物属性在早春开花，南方又称其为“迎春花”。它的花朵分为紫色和白色，大小和莲花相似。因为辛夷花素来开在枝头，因为花开的位置特点与花朵的美丽，所以王维美称其“木末芙蓉花”。

诗作开篇言辞简单但极具画面感，主要是描写花朵的表象“生发”。当春光显现，万物生长的时刻，辛夷树在大自然的催动下，款款地萌发出崭新的蓓蕾，蓬勃的生命力，灿烂而美好。诗作的后两句重点刻画花朵的“枯萎没落”。漫山的红萼，装点着寂静的山涧，直到最后，花儿渐老，终究纷纷扬扬地向人间撒下片片落英，一年花期，至此而结束。

《辋川集》中收录王维作品二十首，其中排位第十八首的是《辛夷坞》。创作这组诗作的时候正值王摩诘的晚年。当时大唐虽然还未经历安史之乱，但自唐玄宗开元二十四年（736年）张九龄罢知政事，李林甫一派敌对势力涉政之后，朝政由心系民生逐渐过渡到暗地里各派势力钩心斗角，因此民间也动荡混乱，王摩诘当时虽然身在朝中，但他的内心却倾向于张九龄一派的开明政治，虽对现实深感不满却又苦于无能为力，内心矛盾重重，现实的无奈让他既心生退隐归田之念，又对自己一世拼搏所得的禄位割舍不下。在两难的境地下，王摩诘选择在长安附近的终南山和辋川建立别墅，既离长安不远，又可以不时亲历朝政，开启了表象清悠自在，实则内心矛盾的清浅归隐生活。

王摩诘仅仅四句诗，既从表象描绘了辛夷花的美好，又含蓄满溢了一种心里的落寞，在不着痕迹不动声色的前提下，却已在情感上过渡到来自对大时代环境的无奈和孤寂。宋人方回对《辋川集》中的这首《辛夷坞》有着极佳的好评，赞其“有一唱三叹不可穷之妙”。

4. 早梅 戎昱

【原文】

一树寒梅白玉条，迥临村路傍溪桥。

应缘近水花先发，疑是经冬雪未销。

【注释】

迥：远。

应缘：大概是。

【译文】

一树梅花凌寒而开，那颤巍巍凝满霜雪的枝条洁白无瑕犹如白色的玉条。梅花静静地开放在临近溪水的桥边之畔，远离人来车往的村路。

人们不知道寒梅是因为临近溪水的缘故才得以提早开放的，远远望去，还以为那是经过冬天却仍未曾消融的白雪呢。

【赏析】

这是一首非常有意思的诗作。自古以来咏颂梅花的诗很多，而且各有特色，各不相同，有的咏梅花的风姿，有的赞梅花的神韵，有的夸梅花的品格；而《早梅》这首诗，不提风姿，不谈神韵与品格，只是侧重以一个“早”字入题。尽管全诗没有一句围绕梅花的议论或者赞叹，但却透过字里行间，将早梅的高洁和诗人对早梅的赞美之情清晰有条理地刻画出来。

君且看，早开的梅花是很美的，美到什么程度呢？美到满树的花朵密集缤纷，洁白如玉，迎着冬末春初的凌寒独自而开，大气且毫不做作，这种无惧无畏的、轰轰烈烈的美有形且有神，令人陶醉。

继而诗人又写这棵梅花是生长在远离喧嚣的村道旁，凌寒盛开在溪水桥边。犹如不竞逐尘世、不哗众取宠的绝代佳人一般。这样的生长环境描写，承上启下，使诗作的意境愈加开阔。

而后两句，诗人写出了在初见桥边早梅时的感受，用惊叹的口吻表达对近水早梅盛开的惊喜之情。突出“疑”字在作品的艺术效果中的重任担当，一字的力量就将诗人心间的惊喜之意满溢出字里行间，传递给读者，堪称精妙所在。“疑”字还写出了诗人把寒梅疑作经冬而未消的白雪，远望似雪非雪的迷离恍惚之感，直到最后走近一瞧，才发现原来这是一树临水绽放的早梅，顿时，诗人满腹的疑惑烟消云散，而“早梅”能够“早开”的原因也被点出了。

整首诗作仅有二十八个字，但作者却能在这仅有的字数描述之中，把梅花的美丽悉数展现出来，除了其中的立意新颖，还在于诗人能从现实生活中去观察、捕捉住早梅的颜色、地点、季节、气质、姿态等特征，加以艺术化的提炼和概括，并借助生动、形象的比喻，鲜明、传神地塑造出早梅的品貌和气质，使人读而生出美不胜叹的感觉来。

可惜的是，这首咏梅诗作的作者究竟是谁，至今颇有争议。一说是唐代诗人张谓所作，一说是与张谓同朝代的诗人戎昱所写。但无论诗作出自谁人之手，都是无可争议的佳作，这首诗作妙在区别于传统咏梅之作而突出一个“早”字，描绘早梅的形神，同时也侧面流露出诗人在探知过程中的渐进认知，由表象到内涵，写出了诗人与寒梅在精神上的契合，这些方面均得到了历代名家的极好点评。

5. 燕子来舟中作 杜甫

【原文】

湖南为客动经春，燕子衔泥两度新。

旧入故园尝识主，如今社日远看人。

可怜处处巢居室，何异飘飘托此身。

暂语船樯还起去，穿花贴水益沾巾。

【注释】

动经春：不知不觉又过了一个春天。

故园：指诗人在洛阳、长安的旧居。

远看人：指依旧认得自己，在远处望着自己。

【译文】

自从我一路辗转，到湖南一带暂且栖息停留，不知不觉已经走过了一整个春天，看那春燕都已经是翌年从远方飞回此地搭巢筑穴了。

燕子啊燕子，你可记得从前的你曾经日日流连于我的故园之中与我相伴，可如今这春社之日，你却为何再无熟稔的感觉，仅仅是在远方注视着我，犹如我并非故人，而是刚刚碰面的新人。

你与我似乎同病相怜，一样是漂泊到哪里就在哪里搭建临时的小家，一直没有固定的栖居之所，这和我此刻的飘摇处境，无所归宿，只能四海为家又有什么不一样。

一想起你如今虽然立于桅杆之上同我说话，可终究还是要拍翼而去，我便禁不住悲由心生，泪湿衣襟。

【赏析】

这是一篇充满苍凉、悲怆的诗篇，读之令人唏嘘不已，惋惜异常。尤其当下君未晓但后世所知，这首诗作是杜甫即将走到生命尽头的绝世之笔。

诗作于唐朝大历五年（770年），题材取自杜甫在大历三年（768年）的经历，杜甫在当年三月从夔州出发，途经三峡，历时近一年漂泊在江湘一带。这一年之中行程奔忙，风餐露宿。直到第二年春天，他满心憧憬地携家赶往潭州，意欲投奔刚刚移任潭州刺史的好友韦之晋。可偏偏天不遂人所愿，刚到潭州便惊闻韦之晋病故的噩耗。挚友的意外病故，让杜甫一家突然投奔无门，无路可走，不得已只好暂时以船为室，寄身飘摇的水上为家，直到大历五年的春时仍然无奈漂泊在湘江之上，可想其中的辛酸疾苦。这首七律就是在这个时候写的。

多年颠沛流离的生活，彻底摧毁了杜甫的健康，他的头发近乎苍白，左耳失聪，病痛缠身备受折磨，生命之火渐渐燃尽。此时此际，他的心中充满了对故乡、京华的诸多怀念与眷恋，这份情感执着而强烈。常言道“狐死必首丘”，可是杜甫格外惶恐，怕自己终究只能落得个“终是老湘潭”、客死异乡的下场。在这样的念想折磨下，任何出现在眼前的山水云月、草木虫鱼，都会触动他心中无限的旅愁与乡思。

因为有如此的一份牵挂，所以当春天的飞燕在江上频频来去，偶尔落在杜甫的船上，或息倦翅片刻，或啄残食一口，诸如此类本该是司空见惯的情景都能够引起他睹物伤情的心境，于是挥笔泼墨，写下了这首感人至深的七律。

杜甫一生很喜欢燕子，也写过诸多咏颂燕子的诗作，如“细雨鱼儿出，微风燕子斜”“泥融飞燕子，沙暖睡鸳鸯”“暂止飞乌将数子，频来语燕定新巢”“熟知茅斋绝低小，江上燕子故来频”等。这是因为燕子逐春而生，巢梁而居，常常被人们看作春天的象征，而每当燕子自由自在、无忧无虑地在天空中鸣叫飞舞的时候，总能让人联想到闲适而欢乐的安居生活。而这种美好的生活，正是杜甫一生的憧憬与追求，即便是他已经“漂泊西南天地间”整整十年。在那些漂泊奔波的日子里，燕子伴着他度过了无数的时光，而此时此刻，满怀牵挂再见燕子，更使他产生犹如他乡逢旧知的亲切感。

此时此刻的杜甫欣然将眼前的燕子看作往年在故乡同室而居的燕子，他道它心心念念着旧日的主人，所以远道而来舟中相会，只为带给他无数的惊喜与安慰。旧友相逢，自然是值得开怀的，只可惜却偏偏身处这烟水渺渺之处，前途茫茫之际。杜甫愈加觉得自己此时无依无靠，孤苦伶仃，凄凉沧桑。或者燕子此时心中也是迟疑万分的吧？因为人是旧时人，但如今这一叶扁舟，终不似昔日故园的有屋可巢，所以，燕子来回徘徊，只是心怀思虑地远远观望着。

当然，以上的种种，都是杜甫自己的想象而已。诗中的“识”与“看”所写的是燕子的动作与情态，属于杜甫眼中看到的燕子的动态，他早已将燕子做了人格化的处理。王国维其实在《人间词话》中也有所表达：“有我之境，以我观物，故物物皆着我之色彩也。”

杜甫的一生是极为漂泊的，从唐肃宗乾元二年（759年）弃官西行开始，先是举家徙秦州东柯谷，投奔侄子而去，在上元元年（760年）又转往成都去投奔好友严武，得以短暂卜居浣花溪畔；无奈到了大历元年（766年）之际又前往夔州，经过水上飘摇的日子，最终在柏茂琳中丞的帮助下定居西阁，而这首诗仅仅是杜甫漂泊一生的缩影。如此历程，整整十年，十年之间那种寄人篱下的际遇与生活，本就同燕子“可怜处处巢居室，何异飘飘托此身”没啥两样，而如今竟然还落得个无人可依、无地可居的地步，实在令人为之叹息。因而借着后面的四句，杜甫对燕而自伤。

“暂语船樯还起去，穿花贴水益沾巾。”此时面对杜甫的伤怀，被寄予同情的燕子似乎也已经领会到了，它似乎想在船樯安居下来。但可惜很快地它便发现，眼前置身的只是一只漂流不定的船儿罢了，根本就不是它应该选择垒巢的好地方，因而，燕子漠然地拍翼而起，意欲离去。临走之时，又忽然舍不得曾经相识的故人，只好贴着江水低低飞行，绕着小船一圈又一圈地盘桓着，看似无情离去又依依不舍，可爱可恼，爱憎游离，然而纵有百般不舍最终还是穿越树荫，盘旋在花丛左右最终穿梭于岸边，再仔细追看时已不见了痕迹，仿佛没有来过似的，只给船上的杜甫留下了无尽的空虚、惆怅和寂寞，不觉之间老泪纵横。

所以说这首诗作动人，是因为杜甫将满腔的深情厚谊都寄托在一只看似弱小毫不起眼的燕子身上，摆脱了世俗的比附以及模拟象貌、堆砌典故，不刻意于追求外形的相似，仅仅只抓住事物最突出、人人显而易见的特征，看似并不稀奇，但恰恰透过表象衍生内在关联，重点寓意于情于物，最终通过品诗魂重新定位诗风，使物我在不动声色的前提下达到契合无间的境界。

6. 归雁　钱起

【原文】

潇湘何事等闲回，水碧沙明两岸苔。

二十五弦弹夜月，不胜清怨却飞来。

【注释】

潇湘：二水名，在今湖南境内。

二十五弦：指瑟。

【译文】

大雁啊，你知道吗？在潇湘下游那里水碧沙明，食物丰富，山清水秀，可你为什么愿意轻易地离开那么美丽的地方，回到北方来呢？大雁听闻，无奈对答，潇湘之地纵然烟雨楼台、风景秀美，而且食物丰富，可餐可品，谁不想长期安居下去呢？只是无奈，湘水的精灵总在月夜里伤感、鼓瑟，这烟雨之美中就多了一份哀愁，从那二十五弦上弹出的音调，初闻貌似悦耳，可品味起来实在太过于哀叹、凄清了！我再也无法承受，便只好起身飞回北方。

【赏析】

身为吴兴人的唐朝诗人钱起，入任之后就一直留在长安和京畿做官。后来每每看见秋雁南飞时，都会牵起他诸多的乡愁，他曾作过一首《送征雁》的诗作："秋空万里净，嘹唳独南征……怅望遥天外，乡情满目生。"以此来抒发心中对故乡往昔的眷恋之情，而这首《归雁》，同样写于北方，这首作品所描写的却是从南方归来的春雁，其间有不可言传的哀怨、无奈和伤感。

大雁属候鸟，本性热情，能与同伴互助，飞行时会用叫声鼓励同伴。素有深秋飞往南方过冬，春暖又飞回北方的习性，大雁的迁徙多在黄昏或夜晚。但是古人的认知，与我们今日的知识了解有所不同，古时的人们认为秋雁南飞，从不会越过湖南衡山的回雁峰，它们只是一路到达峰北之地，暂且小憩在湘江迎冬而眠了，一直等到冬尽春又回才会再次回到北方。钱起就是揣测古人延续着诸如此般的认知和定位，从飞旋回归的秋雁顺势联想到，秋雁未归来之前的栖息地就是湘江一带，结果再从这个熟悉的栖息地联想到了民间流传着关于湘江神女精通鼓瑟之乐，继而根据鼓瑟之乐曲中《归雁操》的成品之作，猜测在鼓瑟和秋雁的回归之间必然有密切的关系，从而形成了诗中的一番奇思妙想。

在诗中，诗人假借大雁与自己围绕着关于“春夜”所感进行一问一答，将自己心中对故乡的深情厚谊寄托于婉转、流利的诗韵之中。在诗作的字字句句中，旅途间的愁思以及故土难移是引发灵感的所在，而《鸿南归》与《雁回》有关的曲子，则归属于引申的带动，使所有的灵感进发，生成了充沛的创作激情。这一份激情，一旦找到了恰当的言辞表达，便顷刻凝结成一首极美的诗篇，千古流传。

诗一开篇，心怀乡恋的诗人便在询问雁儿：“潇湘何事等闲回，水碧沙明两岸苔。”南归的大雁，你既然在北方初冬不远千里飞往南方，一路奔波迁徙到达想去的地方，又为什么舍得离开潇湘那水碧沙明，烟雨楼台之地，那既美丽又安静的地方同时还富饶可栖，你怎会千里迢迢再次飞回北方呢?

如此突兀的一问，立刻便将所有读诗人的思路都引导进早已安排好的轨道中来，不再去纠结理会大雁的习性，而是另辟角度探寻大雁归来的原因。于是为了满足听者的好奇，紧接着诗人又代雁儿做了对应的回答：“二十五弦弹夜月，不胜清怨却飞来。”虽然富足可安居，但因那里有湘江的神女在月夜之下伤感鼓瑟，虽是身体饱暖，可那曲调悲怨不由得心生悲凉，我的心再也经受不住无边无际、不可言喻的悲伤了，食不知味，栖不觉安，无奈只能离开那里，返回到北方了。

当然，回归的大雁是不可能真的如此开口作答的，仅仅只是想象拟人的艺术处理罢了。可就是因为如此一“答”，很自然地便牵扯出了“湘灵鼓瑟”的传说来了。无须过多的铺垫，更不用强硬的过渡，一切恰如其分。所以读诗之人轻而易举地便能想象出传说中那位正在江边弹奏乐曲，倾诉满腔哀怨的神女来。于是，读者便能在理解大雁折返而飞的理由的同时，也了解了诗人身羁北方而怀念南方家乡的灼热情感了，而这正是他这首诗作真真正正想要表达的所在。

那么，钱起笔下的“湘神鼓瑟”又为何会那般凄凉呢？大雁又为何会听之而“不胜清怨”呢？

想要弄清这个问题，首先得回过头来看看他的成名之作《省试湘灵鼓瑟》：“善鼓云和瑟，常闻帝子灵。冯夷空自舞，楚客不堪听。苦调凄金石，清音入杳冥。苍梧来怨慕，白芷动芳馨。流水传潇浦，悲风过洞庭。曲终人不见，江上数峰青。”

在这首诗中，钱起说的湘水江神的鼓瑟乐曲之所以悲凉哀怨，是因为寄情于鼓瑟，她在思念一位注定不能归来，已然逝去的亡夫——死于苍梧的舜。而夜夜的悲歌划破宁静传入贬迁于湘江的“楚客”耳中，是如此不堪忍受。

原来《归雁》中的“不胜清怨却飞来”一句，便是从《省试湘灵鼓瑟》的意境之中衍生而来的。客居湘江的归雁，便是贬迁异地的“楚客”的化身，因而，归雁听到湘灵充满思念之情的瑟声，便被牵引起乡愁无限，毅然离开美丽丰饶的湘江，向北方飞回。如此一种迫切与眷恋，正印证了建安文学家王粲《登楼赋》中的两句揭示羁客情怀的名言：“虽信美而非吾土兮，曾何足以少留。”钱起借着诗中充满客途乡愁的归雁，婉转地表露了自己宦游他乡的羁旅之思。这般新颖的构思，丰富的想象让这首诗作成为引人注目的咏雁名篇之一。

7. 微雨 李商隐

【原文】

初随林霭动，稍共夜凉分。

窗迥侵灯冷，庭虚近水闻。

【注释】

林霭动：诗中所指的是密密的细雨从天而降，犹如一张帷帘。

【译文】

细雨初下，雨水极细极轻，沙沙地飘摇在树林间，仿佛是飘浮的雾气一般烟缕丛丛，若隐若现，时有时无；渐渐地，带来了一点夜晚的寒意，于是人们终于感觉到了它的存在。

已然夜色深沉，轻轻的细雨如丝，渐渐打湿窗纸，渗透窗棂，窗下的烛火因为这细雨沙沙而飘忽闪烁，如此这般，虽然离窗很远，却也能感觉到夜雨的冰凉，夜色的萧肃；如果你侧耳聆听，甚至还能够听闻从空旷的院子里隐约游传而至的轻微淅沥声。

【赏析】

在唐朝的诗坛，李义山是个谜一般的存在。跻身大唐晚期最杰出的文人墨客之列，李义山和杜牧并肩，素有“小李杜”的美誉；与温庭筠一道合称为“温李”；同时又因所作诗歌风格与当时同期的段成式、温庭筠相似，恰巧他们有缘在家族排名均属第十六位，所以又被称作“三十六体”。世人评价义山为“诗家总爱西昆好，独恨无人作郑笺”，是因为他的诗作构思新奇，风格秾丽，尤其是一些爱情诗和无题诗写得缠绵悱恻，优美动人，广为传诵。但其中的某一部分却因为过于隐晦迷离，难以索解，至今仍旧是一个难解的谜题。

这首咏雨的作品是李义山写于大唐大和三年（829年）的诗作，当时的他获得了考取进士的资格，却又因为自身没有什么背景，所以初试失败，这让他感到非常落寞，很颓废。但就在同一年度，令狐楚作为天平军节度使，接触到他及其作品，赏读后拍案叫绝，十分肯定他的才华，请他到幕府里去做巡官。

在李义山诸多的咏物诗中有一个共同的特点，那便是体物工切，描写入微。李义山善于通过多方面对所咏之物进行刻画，以达到恰如其分地传达出物象的内在神韵的目的。

《微雨》是一首偏于写实作风的作品。此诗所咏之物是“雨”，微微细雨。众所周知，微雨是最不易为人所察觉的，更别说如何才能够用文字将其真切而到位地表现出来了。然而，这对于李义山来说，却根本不是问题。他着重在虚处落笔以聚集“意”“韵”的传递和烘托，细节围绕夜雨的事物与人的主观感受描写，以此作为细雨的陪衬、夜雨的渲染、温度的感受，重点以“意”的神传，精湛地捕获到了微雨的细节状貌。

李义山从傍晚时分，天空忽然落下了微微细雨的一刹那写起。此时的微微雨丝随着树林中的雾气一同在天地之间飘荡浮动，混淆在一处，迷迷蒙蒙，让人分不清是雾还是雨。而后随着时间节点的推移，渐渐地，夜幕降临了，在微雨陪衬下，暮色中泛起了丝丝的凉意。

接下来的后面两句，依旧是一条贯线的时间推移，已然到了夜深之时，可微微细雨依然下着，未曾停止。寒风伴着点点冰冷，夜凉如水，即使人在屋内，即使远离窗棂，都依然能够感受到这丝寒意。非但如此，桌案之上那柄烛火，此时此刻仿佛也受到了这股寒气的侵逼，摇摇晃晃，明灭不定。经过了这一夜的久雨，空气也变得潮湿起来，在空荡荡的庭院之中，传来了微弱的淅沥声响，陪衬着夜色，平添了雨夜的寂寥。

如此一份夜雨感受，相信读过之人都会觉得感同身受。但是千万不要因为熟悉而忽略了其中所包含的种种信息，包括时间推移、身心感受、周围气氛、氛围变化，近乎所有夜雨该有的特征，都被李义山用短短的四句，寥寥的二十个字包含概括起来了。从一开始的全然不易察觉到渐渐地察觉，这样一个从黄昏到夜晚间微雨由初起到落地的过程，李义山表达得十分细腻而熨帖。

8. 放鱼 李群玉

【原文】

早觅为龙去，江湖莫漫游。

须知香饵下，触口是铦钩。

【注释】

觅：寻求。

漫：随意，随便。

香饵：诱饵。

铦钩：锋利的钓钩。

【译文】

水中徜徉的鱼儿啊，千万别忘了要早日求得化身成龙的机会，不要因为一时的意气而在江河湖海中长久逗留。你要明白那些隐藏在诱人的香饵之下的，都是锋利致命的鱼钩。

【赏析】

或许在人们的意识之中，哲理性的文章，总是很长的。因为有太多的道理需要用诸多的文字去进行阐释。其实真相并不一定是这样的，诸如唐代李群玉的这首咏鱼诗。作为咏物诗中一首富于哲理的佳作，《放鱼》诗短小的篇幅之中，却透露着隽永的意味。

首先，在中国浩瀚绚丽的诗篇海洋之中，诗人们所写所咏的物象有万千之多，鱼亦曾出现在列表里头。最早出现关于鱼的古诗句，出自《诗经·卫风·硕人》。到了汉魏六朝乐府诗中也有过一首名为《枯鱼过河泣》的诗作，其将鱼作为抒写对象进行了一番完整的全篇描述。但是专门写鱼并且以此为焦点意旨的骈文实在不多，所以这首《放鱼》堪称标新立异的稀缺之作。

诗作短小，只有寥寥的二十个字，从标题和字面上看，所写的全是李文山在即将要把鱼儿放生时对它的嘱咐。一呼一告之中全是犹如游子将行，老母亲叮咛的良苦用心。

“早觅为龙去”这句之中，蕴含着一个出自《水经注·河水》中的典故：“鳣鲤出巩穴，三月则上度龙门，得度者为龙，否则点额而还。”在神话传说中，黄河河津之上有一龙门，有大鱼几千条，聚集在龙门下不能上，一旦成功跃上便可成龙，如果不能跃上则要被“遣返”，传说称为“曝鳃龙门”。李文山引用这个典故，是有自己的另一番心意的。他希望从自己手中放生出去的鱼儿，能够在汪洋天地之中，寻觅到一个广阔自由，没有心机的世界，自由自在，一世潇洒。诗句中一个“早”字，是李文山所有企望的殷切凝聚。

“江湖莫漫游”这一句，带动了下文的悬念，有着承上启下的作用。自由自在、无拘无束地“漫游”本是鱼儿所独有的生活习性，可是李文山却为何要叮嘱鱼儿必须早觅为龙，不要长久漫游于江河湖海之中呢？带着这样的悬念，下文便自然无迹地被引发了：“须知香饵下，触口是铦钩。”“香饵”“铦钩”皆是与鱼儿饱暖生存、命运发展息息相关的具体事物。饵，是诱惑，铦，是锋利之意，并列于句中，形成刺目的尖锐，在一瞬间便激发了人们诸多的联想，甚至你的眼前仿佛就演起了一幕电影，那是鱼儿自李文山手中自由而去之后一系列的际遇，或跳过龙门化为飞龙，或遭遇香饵铦钩成为钓鱼翁的囊中之物。不知从什么时候开始，你我已经同李文山站在了同一个角度，对水中鱼儿既怜惜又担心，依依不舍，久久地徘徊缭绕。

在这首《放鱼》诗中，江湖即是社会亦即是人生，虽然诗歌围绕的是即将在手掌之中脱手而去的鱼，但其实表达抒发的，却是封建旧制中被桎梏的人们对于险恶民生的一种无奈且普遍的感受。透过表象引喻生活，堪称是咏物诗中的佳作。

9．酒泉子·买得杏花 司空图

【原文】

买得杏花，十载归来方始坼。假山西畔药阑东，满枝红。

旋开旋落旋成空，白发多情人更惜。黄昏把酒祝东风，且从容。

【注释】

坼：绽开，词中指花蕾绽放。

药阑：篱笆、花栏。

【译文】

离家十年今日归，方见十年前买来的杏花，恰好开放，你看那假山的西面，药圃的东头，满枝的花儿娇艳璀璨，开得正红。

只可惜花开花落极为快速，一瞬之间全都成空。白发年老却多情，人就是这样怜惜感伤。于是借着黄昏的光景，我举起酒杯向着东风祈祷，愿你对她稍加宽厚，吹拂从容。

【赏析】

这篇咏杏花的词作大约诞生于唐僖宗广明二年（881年）春天。黄巢在上一年冬季就攻占了长安，僖宗奔蜀。司空图护驾不及，迫于无奈只能避居故乡河中。那个时候司空图刚刚涉世之初，缺少对曲折坎途的深刻认识和承载的能力，所以遇到这样的生活重创，深感极度无力，心里一时生出许多感叹，而这首词作，亦是顺应当时的情形创作而成的。

司空图在词作的上片叙事写景，向人们讲述了自己栽种杏花的经过：自买杏栽种到自己亲眼看到杏花开放，竟已隔了十年之久。十年，是个什么样的概念呢？总说十年之间，物换星移，诸多的事物从熟稔，陌生，拥有，失去。当然，十年之间所有一切也可以与之相反，失去，拥有，陌生，熟稔。成功抑或失败，只能由每个人不同的情况去决定。司空图在咸通十年（869年）应试并登进士第以后，从此宦游在外，再到彼时返乡之间，竟然已经隔了十一年的光景。面对自己的这“十一个年头”司空图心中是感触极深的，而此时归乡，竟能碰见杏花开放，忽然之间，他的心绪复杂，诸多感慨难以言表，倍觉花亦多情，竟然如此“厚待”自己，似乎预料到自己在十一年光景后的今日还乡，绽放于此时慰藉归乡者的心。

到了这里，也许你会有个疑问，到底司空图故乡家中的这棵杏树，是不是真的是十年方开一树花呢？其实真相如何，已然不重要了，因为此时此刻，司空图的意识早已超越了经验世界中的思维常规，不管此杏树去年开花与否，俱往矣，并不重要，只需是眼前开了，便足以为之尽情吟赏了。

盈盈杏树挺立在花园之中，东边有假山做伴，西边有芍药阑相称，配上此时满树绯红溢艳，一番景致，不由得令人深感赏心悦目。

在词作上片四句的描述之中，虽然司空图一句都没有提及自己对杏花是何等喜爱，但是从杏树所在的位置、陪衬物等的线索之中，却已经透露出自己一番“爱杏之心”了。

词作的下片所表达的，是司空图的一番感慨。“旋开旋落旋成空”是极有意思的一句，三个叠用的“旋”字，把“昨日的花开”“眼前的花落”以及“若干天以后的枝上花空”三个阶段悉数带过，以表达所谓“好景不长，韶华易逝”的感慨。

人生的十年，起起落落。十载的功名，转瞬间尽化云烟。杏花的十年，花开花落，旋开旋落旋成空。原来人生与花竟是如此相同。

司空图是一位善于将自己的心曲外物化的词人，悲物之所以悲己，如若读者能够感应，便能从中悟到他的惆怅、失意、痛楚。而唯有懂得的人，才明白多情之人为何总是易生华发，多愁善感。而每每逢上花开花落的时节，更是容易触动那根敏感的心弦。

彼时的司空图入世之心尚未泯灭，对于未来的一切，他的心中尚有一丝期待与渴望。因而他尚有惜时之念，心中尚有希冀，所以他道“黄昏把酒祝东风，且从容”。司空图知道自己的政治前途与唐王朝的兴衰，有着一种紧紧的牵绊，唐王朝兴盛，则意味自己的满腔抱负将得以施展，假若唐王朝的命运终究要“旋成空”的话，那么自己便也就毫无指望了。对如此的现实，他的内心其实是焦灼万分的，但是现实这般又能如何呢？唯有用看似漫不经心的“且从容”三个字，将所有的焦虑与忧思掩饰，如此一番的“味无穷而炙愈出”当真是一种折磨。

10. 鹧鸪天·桂花 李清照

【原文】

暗淡轻黄体性柔，情疏迹远只香留。何须浅碧深红色，自是花中第一流。

梅定妒，菊应羞，画阑开处冠中秋。骚人可煞无情思，何事当年不见收。

【注释】

骚人：指屈原。

可煞：疑问词，犹可是。

情思：情意。

何事：为何。

【译文】

淡黄色的桂花，虽然色彩并不艳丽，但胜在体态轻盈。它悄悄地开放在幽静的角落里，从不惹人注意，只留给人间阵阵清香。虽不及名花姹紫嫣红，却也不一定非要像名花般被人捧赏，桂花的淡香飘隐，花色雅致，持香浓久，应属最惬意的。

梅花、菊花若与桂花相比，定是要觉得妒忌与羞愧的，所以我说桂花天经地义当得起秋天里百花之首的，只可惜屈原对桂花不太了解，因为没有过于深刻的记忆，否则在其作品《离骚》中赞美了诸多花儿，却为何偏偏没有提到过桂花之美呢？

【赏析】

女人天性喜爱花朵，因而女人与花之间，总有着天生的缘分与默契，易安居士亦不例外。她的一生，不仅喜欢花，而且还在她的词作之中，为我们建造了一座色彩斑斓的“百花园”，她将所有的感情完全倾注在花的世界中。

此篇《鹧鸪天·桂花》是一首盛赞桂花全方位形、色、状、魂、性情等诸多美好的力作。上片围绕着桂花的“颜色”与“味道”的矛盾延伸出相关讨论，在这个过程中，词人将其独到的艺术审美在她的观点中抒发呈现出来。词的下片，则是紧紧承接着上片的意思进行进一步的延续。而最独特的地方在于这首词作是易安居士众多咏花之作中，唯一一篇将某一种花儿推崇为第一流者的作品。

小小的一朵桂花，又是如何成为易安居士心目中的“花间第一流者”的呢？最关键的一点是它的“内在美”：色淡味香，品性温雅。在易安居士的心目中，“浅碧轻红”只是徒有其表，而味香性柔则是一种发自内在的吸引力。因为有这种吸引力的存在，所以，即使是论颜色、论风韵都不在桂花之下，傲骨凌霜、清高自洁的梅花、菊花也被比了下去，原因其实很简单，就是因为它们皆没有桂花的芬芳馥郁。据相关记载，桂树花分为四种类型：金桂、银桂、四季桂和丹桂。其中桂树花白者名银桂，黄者名金桂，红者为丹桂，而四季桂虽然不及其他三种香味浓郁，但是四季之中阶段性开放，花色淡黄色或柠檬黄。桂树常生于高山之上，以同类植物为林，难得的冬夏常青，而且桂花树之间无杂树，通常形成桂花林，馨香迷漫。秋天开花者为多，其花香味浓郁，却又从不以明亮炫目的光泽和浓艳娇媚的颜色取悦于人，犹如一位恬静的淑女，从来不流连红尘世俗，远迹深山，不食人间烟火，唯将浓郁的芳香留给人间。

11. 望江南·江南蝶 欧阳修

【原文】

江南蝶，斜日一双双。身似何郎全傅粉，心如韩寿爱偷香。天赋与轻狂。

微雨后，薄翅腻烟光。才伴游蜂来小院，又随飞絮过东墙。长是为花忙。

【注释】

望江南：词牌名。又名“忆江南”“梦江南”“江南好”。

烟光：微弱的光芒。

【译文】

夕阳之下，有蝴蝶成双成对在翩翩起舞，轻盈的身姿就像魏人何晏那般优美，它们在花丛中吸吮花蜜，流连忘返。

一阵细雨下过，蝴蝶扇动着沾满露水的翅膀，在夕阳的照耀下，发出微微的光芒。它刚刚追随着小蜜蜂一路飞越钻进了小院，又追着飘摇的柳絮一路翻飞越过东墙，总之它为了采集花粉而不愿驻足，四处寻觅，闻嗅不停地左右奔忙。

【赏析】

提及咏蝴蝶的词作，除了欧阳修的这首《望江南·江南蝶》之外，晚唐五代时期的毛文锡也写过一首名为《纱窗恨》的作品："双双蝶翅涂铅粉，咂花心。绮窗绣户飞来稳，画堂阴。二三月、爱随柳絮，伴落花、来拂衣襟。更剪轻罗片，傅黄金。"但颇为逊色的是，毛词的咏蝶仅仅止于蝴蝶，而欧词的咏蝶，则以思想艺术以及审美情趣取胜。创作之时力求做到既切合蝴蝶的外在形态与内在气质，又不单单滞留在蝴蝶的本身之上，而是以拟人的手法，让蝴蝶"幻化"为人，在蝶中有人、人中有蝶的境界中，借蝶咏人。通过两个切题典故——"何郎傅粉"与"韩寿偷香"恰到好处地把蝴蝶与人之间那一份"天赋与轻狂""长是为花忙"的特点巧妙地结合在一起，将何郎、韩寿的禀赋移植到了专以粉翅煽情、恋花吮蜜为营生的蝴蝶身上，把自然界的动物性与社会的人性融为一体，在咏物中抒怀，在抒怀中咏物，是欧阳修这首词作的特点，也是最令人读之耳目一新的亮点。

词作的开头两句，写江南的蝴蝶在傍晚的暮色中成双成对翩翩飞舞的情境。“身似何郎全傅粉”一句，源于《世说新语·容止》中的典故：“何平叔（晏）美姿仪，面至白，魏明帝疑其傅粉，正夏月与热汤饼，既啖，大汗出，以朱衣自拭，色转皎然。”为何欧阳修有此用意呢？我们一起来看看教科书上关于蝴蝶外形的描述吧。蝴蝶的双翅和体表上头，长着各色鳞片和丛毛，从而形成了各种花斑，再加之这各处的表面上长着一层蝶粉，观之便仿佛是一位经过精心打扮、浓妆艳抹的美男子一般。将人比喻为蝴蝶，以何郎傅粉来比喻蝴蝶的明媚美貌，堪称别出心裁。

而“心如韩寿爱偷香”一句，又是何解呢？据《世说新语·惑溺》与《晋书·贾充传》中记载：“韩寿美姿容。贾充辟为司空掾。充少女贾午见而悦之，使侍婢潜通音问，厚相赠结，寿逾垣与之通。午窃充御赐西域奇香赠寿。充僚属闻其香气，告于充。充乃考问女之左右，具以状对。充秘之，遂以女妻寿。”这又是一个以人拟蝶的传说，欧阳修以“韩寿偷香”来比喻蝴蝶依恋花丛、吸吮花蜜的特性是极为精辟独到的。似他这般引用典故有如信手拈来般的妙笔天成，生动贴切，确实独树一帜。

下片词作在承接上片的基础上，先写傍晚时分忽然下起了一场小雨，雨水骤停，蝴蝶便开始度翠穿红地飞舞忙碌起来了。当薄而透明的粉翅沾上雨水之后，翅上的粉就变得更加细腻了，透过这双粉翅去凝望斜阳，周遭的一切显得朦朦胧胧的，就好像置身于一片缥缈的烟雾之中。

蝴蝶的一生尽管短暂，但却是极为惬意和自由的，且看它整日里无忧无虑地与“游蜂”“飞絮”相伴，到处宿粉栖香，“长是为花忙”，如此自在，令人读之总免不得要心生向往。在纷纷扰扰的现代社会之中，如果能为自己的心灵减去些不必要的负担，如同一只翩跹飞舞的蝴蝶一般轻松自若，有何不可？

12. 临江仙·寒柳　纳兰性德

【原文】

飞絮飞花何处是，层冰积雪摧残，疏疏一树五更寒。爱他明月好，憔悴也相关。

最是繁丝摇落后，转教人忆春山。湔裙梦断续应难。西风多少恨，吹不散眉弯。

【注释】

关：这里是关切、关怀之意。

最是：特别是。

繁丝：指柳丝的繁茂。

湔裙梦断：意思是涉水相会的梦断了。湔裙，溅湿了衣裙。

【译文】

起风了，柳絮杨花纷纷扬扬，它们都随风飘到哪里去了呢？原来是被厚厚的冰雪摧残了。五更时分，夜深人静，凛冽的寒风吹过，柳树的枝条在风中飘摇，显得凄冷萧疏。唯一值得庆幸的是，此时尚有皎洁的明月高悬在天空，它无私地普照着人间的每一个角落，月光伴着柳树风中静默。

又到了柳丝摇落，柳絮飘飞的时刻，每每此时我便会想起当年的那个女子。仍旧会期盼能在梦中与她重温昔日的往事，然而好梦总是易断，断梦总是难续。无可奈何之时，唯有祈求满腔的愁思能随着西风消逝而去。只可惜我心里终究清楚，任是再强劲的西风都不可能吹散我双眉之间那一抹紧锁着的忧愁。

【赏析】

喜欢纳兰词的人，皆忘不了一句“西风多少恨，吹不散眉弯”中万般的无奈与悲凉。这句话出自这首《临江仙·寒柳》，一首咏颂柳树的词作。词中的伤感，除却“西风多少恨”这句外，令人印象深刻的，还有另一句“爱他明月好，憔悴也相关”，用心去品读之后，总会让人涌起满心的思量，能写出此等灵性之句的纳兰容若，究竟是位何等至情至性的奇男子啊！

《临江仙》这个词牌原本常被词人用作咏水仙之用，直到后来渐渐放开，不拘泥于此，譬如容若便用此调咏柳。词作的上阕描写柳树挺立在寒夜之中的形态，下阕所写的，则是词人那份凄楚的心境，此时此刻，他借着风中寒柳在“层冰积雪”摧残下憔悴乏力的状态刻画出自己彼时正沉浸在相思痛苦中的孤寂与凄凉，整首词作，意境天成，自然浑脱。

细细斟酌容若这首作品，在词作中“层冰积雪摧残”“爱他明月好，憔悴也相关”此类句子中，一边在描摹所触目的物理景色，即婀娜多姿的杨柳，但从字里行间又读出文字中流露出来的“寒意”，与此同时他更是别具匠心地用“摧残”“憔悴”“梦断”“西风多少恨，吹不散眉弯”之类的词汇与句子，抒写自己内心之中复杂且又凄咽的悲伤情感，表面写杨柳，字里行间满满寄托着诸多的情感，词句之外又有无形的蕴意感染，所以使人备受触动，感同身受。

这首词作，作为纳兰词集中的佳作，得到极高的评价，陈廷焯在《白雨斋词话》里说：“余最爱《临江仙》，疏疏一树五更寒，爱他明月好，憔悴也相关。”言之有物，几令人感激涕零。此篇词作也堪称容若的压卷之作。

在论及艺术的匠心造诣之上，容若确实是独具特色的。他不同于其他历代文人，写春天之中肆意生长的柳树、柳枝、柳叶，抑或是其他各种状态中的柳树。而是独树一帜地写经受过冰雪摧残的寒柳，以此来暗咏自己藏在心中念念不忘的那位身在皇宫身受皇威重压的恋人。可谓是用心良苦，既句句写柳，又句句写人，人与事物，缱绻交融。

记得李商隐曾在他的《柳枝词序》中说过这样的一个典

故：有位男子于某日的一次偶然的机会，偶遇了一位名唤“柳枝”的姑娘，两人一见钟情，依依不舍，临别之际，柳枝姑娘向男子许诺，让他等自己三日，三日之后，必定无论风雨，都涉水溅裙来与之相会。容若写这阕咏柳词，正是别有深意地借用了这个典故，以“湔裙梦断”来暗指自己和恋人重聚的美梦早已破碎难圆。

仔细想来，也许当年陈廷焯或许正是品出了容若心头的这一份与众不同，却又无法言明的深意，才会为之深受感动，而发出明月有情的感慨赞誉吧？

第三篇

田园菊香时光慢，淡然清茶亦释然

（山水田园诗）

1. 诗经·十亩之间 先秦

【原文】

十亩之间兮，桑者闲闲兮，行与子还兮。

十亩之外兮，桑者泄泄兮，行与子逝兮。

【注释】

桑者：采桑的人。

闲闲：从容不迫的样子。

行：且，将要。子：你。

泄泄：同“闲闲”。

逝：往。

【译文】

桑园就设落在令人心旷神怡的田里，方圆十里，风光美好。采桑的人儿悠悠自在，一边采桑一边闲情逸致于十亩田间，不如我们一同散着步回家吧！

轻灵的笑声传遍那美丽的十亩田外，笑语盈盈的采桑人儿啊，走啊，与你携手同行！

【赏析】

就在那夕阳西下的时候，暮色渐渐泛起，牛羊缓缓归栏，炊烟袅袅升起。夕阳残留余晖，斑驳光线透射过错落的碧绿桑叶，静好的夕阳余晖照射进一座偌大的桑园中。在此忙碌了一整天的采桑少女们，此时也停下手中的活计，准备回家了。霎时间，桑园之中响起一片呼伴唤友的欢声笑语。园中的采桑少女们已经离开，但那夕阳中的温馨笑声还不绝于耳，仿佛歌声与笑声依旧袅袅升腾在桑园里，在各个角落弥漫缭绕着。

《诗经·十亩之间》展现的就是如此一幅桑园晚归图，闲适而自然，清新而恬淡，抒写了勤劳的采桑女子一番劳作之后轻松愉快的心情。

整首诗歌恰当地运用了语气词，全章六句重章复唱。每句最后都是以“兮”字收尾，浑然天成地延长了诗句的语气和音调，暗示着一种舒缓而逍遥自在的内心情绪。同时也侧面反映了姑娘们劳动了一天之后的放松惬意，在一边打理着自身的衣物褶皱，一边邀约好友一起结束工作结伴回家的情景。既是优哉游哉而惬意舒缓的节奏，也传递了劳作一天之后，在成果的收获上感觉满意而愉悦的感慨，使诗中饱满的艺术价值在整体诗境、艺术格调与心情上，实现了同频共振，达到完美融合。

2. 归园田居·其三 陶渊明

【原文】

种豆南山下，草盛豆苗稀。
晨兴理荒秽，带月荷锄归。
道狭草木长，夕露沾我衣。
衣沾不足惜，但使愿无违。

【注释】

南山：指庐山。

兴：起床。

秽：肮脏。这里指田中杂草。

荷锄：扛着锄头。荷，扛着。

草木长：草木丛生。长，生长。

夕露：傍晚的露水。

但使愿无违：只要不违背自己的意愿就行了。

【译文】

我在南山脚下的土地上种下了豆子，发现地里的野草长得极为茂盛，而豆苗却很是稀疏。为了不让田园荒废，让我的豆子可以茁壮成长，我每天清晨天蒙蒙亮便早起下地去除草施肥，一直劳碌到夜幕降临时，才披着月光，扛着锄头回家。在归途之上，山道两旁杂草丛生，路甚难走，我的衣裳常常被夜间的露水沾湿了。其实衣衫被沾湿、劳动很辛苦，这些都难不倒我，只要我不辜负了自己当初立下的归隐田园的心意便好。

【赏析】

陶渊明这五首名为《归园田居》的著名诗篇，写于晋义熙二年（406年），也就是陶渊明辞去彭泽令后的第二年。诗作既是一番辞别旧时旧日旧自我的送别之辞，也是一曲迎接新我的美好颂歌。其中所反映的洒脱格调、宽容格局都传递着深刻的思想，文中所体现的精湛圆熟的艺术技巧，吸引了研究陶渊明的学者的高度重视，也吸引着广大的陶公诗作爱好者为之倾倒和迷恋。

这首诗作表面上看写的是田园劳作之乐，以及归隐山林的遁世思想，但假如将这首诗和其他的诗作对比，我们便能发现陶渊明在这首诗中所想要表达的愿望其实远远不止于田园劳作以及归隐山林这般简单。

“种豆南山下，草盛豆苗稀”，在南山脚下的土地上种下了豆子，发现地里的野草长得极为茂盛，而豆苗却很是稀疏。

这个句子一上来，人们的眼前就仿佛出现了一位常年劳作于田园之中的朴实老农，他站在一方青翠的田园之中，皱着眉头，却又洒脱地、微笑地对人感叹。面对这样的一个老农的形象，能让人瞬间便觉得很亲切。辛辛苦苦种的一园豆苗，没想到偏偏长满了诸多的杂草，使得田中的豆苗稀稀疏疏的，让人颇觉苦恼，于是，很自然便有了下一句“晨兴理荒秽，带月荷锄归”，为了不让田园荒废，让豆苗可以茁壮成长，陶公只得每天清晨天蒙蒙亮便早起下地去除草施肥，一直劳碌到夜幕降临时，才披着月光，扛着锄头回家。每日周而复始的忙碌，很是辛苦，但是他却从来都不曾埋怨过，反而是怀着极好的心情走在回家的路上，荷着锄一路欣赏着月色美景。

“道狭草木长，夕露沾我衣。衣沾不足惜，但使愿无违。”在归途之中，山道两旁杂草丛生，路甚难走，陶公的衣裳还常常被夜间的露水沾湿了。但衣衫被沾湿、劳动很辛苦，这些都不算什么，只要不辜负了自己当初立下的归隐田园的心志便好。这看似平淡的一句话，却蕴含了陶公想要告诫人们的，不要在那污浊的现实世界中失去了自我的深切意蕴，十分富有哲理性，让人在平淡自然的质朴氛围中，受到了一次深刻的哲学教育。

3. 稻田 韦庄

【原文】

绿波春浪满前陂，极目连云耙稏肥。

更被鹭鹚千点雪，破烟来入画屏飞。

【注释】

前陂：前面的池塘。

连云：一望无际好像同云相连。

耙稏：水稻的别称。

破烟：穿过烟云。

画屏：把前面的景象当成一幅画屏。

【译文】

站在山坡上，看脚下碧绿的池水满溢，层层涟漪荡漾在山坡前头，再举目远眺那仿佛一望无垠的田园，只见那一行行白鹭的身影忽高忽低，自由翱翔，穿过片片白云，在画卷中翩跹。

【赏析】

唐朝末年，藩镇割据，战火连年纷飞，似乎永无休止，这让黄淮流域的农业生产遭受到了重创，不过长江流域却很少遭遇战乱的摧残。当年，韦庄虽然已有六十六岁高龄，但他入仕西蜀后被蜀主王建所重用，韦庄不负众望，在其七十二岁时协助王建登基为帝，因此其晚年生活富裕安康。据史料推测，这首《稻田》诗便极有可能是他晚年时的作品。这篇诗作所描摹的江南水乡的水田风景，仅通过这种侧面描写就委婉地传递了社会这一隅的现实状况，言外说明了韦庄的日子在这样的水乡过得非常充裕且安乐。

坡上长满了茂盛禾苗，每一棵都饱满肥壮，生长在阵阵春风的吹拂里，错落有致的梯田绿浪翻滚，一望无际与云天相接。而就在这一片绿色海洋的上空，有许多的白鹭正在自由自在地飞翔……品读这首诗作的感觉就好像是在欣赏一幅色彩明丽的风景画那般写意。站在田园边上向远处眺望，舒展在韦庄眼前的风景堪比一望无际的绿色海域，绿油油的水稻滚滚翻腾，一直延伸到天边和白云相接之处。就在这翠绿的底色之上，点缀着洁白如雪的鹭鸶，它们停歇在稻田之上，洁白的羽毛与碧绿的稻田交相辉映，这分明就是一幅明快清逸的水墨画。当轻风拂田而过，田园水稻翻腾起绿波阵阵，一层层稻浪此起彼伏，鹭鸶数量也越来越多，它们或远或近地散布在稻田中，忽然有一只鹭鸶冲破薄纱似的烟雾，拍翼而起翩跹在天幕之中，这一瞬间，是如此优美与安详。紧接着，一大群鹭鸶随之而飞，整个世界充满了生命的律动，这又是一幅动态画。

这片天地没有喧嚣，宁静清幽，但绝不枯寂，大自然热烈蓬勃的生机在这首诗中展露无遗，巧夺天工的色彩调配，意境和谐，毫无造作。令人无缘由地便被这宁静而甜润的世界所感染，心中不期然地流淌着爱的溪流，美的旋律，诗意万千。

4. 山中问答 李白

【原文】

问余何意栖碧山，笑而不答心自闲。

桃花流水窅然去，别有天地非人间。

【注释】

余：我，诗人自指。

何意：一作“何事”。

自闲：悠闲自得。闲：安然，泰然。

窅然：指幽深遥远的样子。

别有天地：另有一种境界。

非人间：不是人间，这里指诗人的隐居生活。

【译文】

曾经有人特别不解地问我，为什么隐居在碧山？我只笑而不答，心里却一片轻松坦然。一低头，只见一朵桃花从枝头飘落进溪水之中，转而又顺水流去。此处果然别有天地，就宛如仙境一般美妙。

【赏析】

在李白的一生之中，曾经有过很多次隐居山林的经历。年纪还小的时候，他也曾和逸人东严子一起归居在岷山。而后从唐玄宗开元十五年（727年）开始，又在安陆（今属湖北）碧山桃花岩居住了十年，这首《山中问答》便是这个时期的作品。

这首诗意淡远的七言绝句，李白以问答形式并借用典故抒发了自己隐居生活中那一份自由自在的天然情趣，同时，也表达了内心之中的矛盾心情。诗作的开头一句便是提问："你对我隐居在碧山桃花岩充满疑惑？"如此一来，显得主题突出，顷刻便抓住了读者的眼球，引起了读者的注意。而当大家心心念念想要知道下文的时候，他却故作"神秘"地将笔锋一转"笑而不答"了。

此中的一个"笑"字极为传神，将诗人那一瞬间流露出来的喜悦而矜持的神态刻画得入木三分，营造了一种轻松愉快的气氛，甚至这"笑而不答"的笔触，还带有几分神秘的色彩，造成悬念，勾起读者探究原因的欲望，让人读之久久难忘。

诗作第二句中的"心自闲"三个字，用得极妙，因为这三个字既是李白彼时隐居山村自由无拘的心情的写照，同时也是在回答发问者问他“何意栖碧山”的问题。因为对于李白来说，隐居山林的感觉既非新鲜，但也不感困惑，其间的种种妙处，全部是“悠然心会，妙处难与君说”（张孝祥《念奴娇·过洞庭》）罢了。

不要小看这首诗仅仅只有四句二十八个字，短小的篇幅却将发问与回答、叙述与议论转接得灵活自然、活泼流利。这种似近若远的诗境，似淡而浓的诗情，有虚有实的文学表达，让读者感觉质朴自然，悠然舒缓，蕴意幽邃。

5. 江村　杜甫

【原文】

清江一曲抱村流，长夏江村事事幽。
自去自来堂上燕，相亲相近水中鸥。
老妻画纸为棋局，稚子敲针作钓钩。
但有故人供禄米，微躯此外更何求？

【注释】

江村：江畔村庄。

清江：清澈的江水。

长夏：长长的夏日。

画纸为棋局：在纸上画棋盘。

稚子：年幼的儿子。

微躯：微贱的身躯，是作者自谦之词。

【译文】

在漫长的夏日里头，清澈的江水绕着村庄蜿蜒流过，村中的一切这般悠然静雅。屋檐顶上飞旋着自由自在的燕子，江中双双对对的白鸥互相亲昵，依偎着结伴相随。我抬头而望，只见身旁的老妻正在用心地为我描画一张棋盘，可爱的儿子正在敲打着针线，准备做一只垂钓的鱼钩。在亲朋好友的帮助下，今日能过上这般安逸的生活，我还能有什么奢求呢？

【赏析】

杜甫这首《江村》诗写于唐肃宗上元元年（760年）。在几个月之前，他刚刚结束了为期四年的流亡，从同州颠沛流离经由绵州，来到了这座不曾遭到战争骚扰的、暂时还保持安定的西南富庶之城——成都，并在城外的浣花溪畔安居下来。在亲朋故友的帮助下，经筹资而辛苦营建的草堂也得以粗具规模。在经历背井离乡波折的光景里、尝尽了颠沛流离的辛酸苦辣之后，诗人终于找到了一个可以暂时安身的栖息地。而彼时正值初夏，浣花溪畔，江水青青，花红柳绿，一派安逸美丽的田园景象。就在这一片舒适悠闲之中，杜甫提笔写下了这首诗作，字里行间洋溢着愉悦与满足的情绪。

诗作中“事事幽”三个字，是全诗的点睛之笔，中间四句都是围绕着这三个字的意境娓娓道来的。在杜甫此时此刻的眼中，梁间的燕子，时来时去，自由飞翔；江上的白鸥，忽远忽近，相随相伴，全都有一种忘机不疑、乐群适性的意趣之美。

要知道一个良好清新的生活环境，是能够带动一个人的乐观情绪的，就在这样优美安逸的环境之中，杜甫的心灵得到了片刻的憩息，满满的惬心快意之中，他发现老妻画纸为棋局时的痴情憨态，这般可亲；年幼的孩子在敲针做钓钩时的童真无邪，惹人喜欢。而夏天里下一局棋，是惬意时光的闲趣。清江边也正适合垂钓。村子里这些景致，件件令人心生欢喜。经历长期离乱之后，重新获得家庭的幸福与快乐，怎能让人不为之而感到满足与欣喜呢？

要是一切真能如此便好了，只可惜结尾的一句“但有故人供禄米，微躯此外更何求”便将所有的情绪拉回到了原点。这一句表面上看，虽然是喜幸之词，可是其中包藏的悲苦之情，却也是满满的。“但有”是不能保证必然有的意思；“更何求”则是说明自己真的有此所求。杜甫从来没有忘记过眼前舒适闲居的日子，靠的是老友一直以来的帮助，基于“故人供禄米”的前提。这是一个十分敏感的压痛点，或者眼前的幸福并不能够长久，谁也不知道如此的安逸终究会在何时结束。所以，诗作最末的两句，与其说是幸福的说辞，倒不如说其实是苦情的表述。

6．竹枝词九首（其九） 刘禹锡

【原文】

山上层层桃李花，云间烟火是人家。

银钏金钗来负水，长刀短笠去烧畲。

【注释】

云间：指云雾缭绕的高山。

长刀短笠：男子的劳动器材，这里借指男人。

烧畲：烧荒种地。

【译文】

漫山遍野都是桃花李花，农户家的袅袅炊烟正在林间慢慢升腾着。戴着银钏金钗的妇女们下山来挑水，家家户户的男人们头戴短笠、提着工具长刀也抓紧下田地，去烧荒、垦地、种庄稼了。

【赏析】

刘禹锡的《竹枝词》一经创作就广泛流传，创作不久后就流传到洛阳、长安一带，成为流行歌词的新标杆。在词曲中蔚然成风。据邵博《闻见后录》记载：“夔州营妓为喻迪孺扣铜盘，歌刘尚书竹枝词九解，尚有当时含思宛转之艳。”又据胡仔《苕溪渔隐丛话》中说：“余当夜行苕溪，闻舟人唱渔歌，歌中有此后两句，余皆杂俚语，岂非梦得之词自巴渝传至此乎？”由此有学者推断这首《竹枝词》一直到宋代还有人在传唱着。

此篇为《竹枝词》的第九首，表现了巴东山区人民的劳动生活。整首诗歌语言流畅、轻快活泼，宛如一幅清新风俗画。刘禹锡以漫山开放的桃花李花和缭绕在蓝天白云之间的缕缕炊烟作为春耕大忙时节的自然背景，在这场景中来点缀江边汲水为炊的妇女和以刀耕火种的原始方式在田园劳作的男子。诗中那些结合了夔州山区人民的劳动生活情景的描写，犹如电影特写镜头一般细致且具体，将巴蜀山民的辛勤劳动、愉快生活的美好图景呈现在读者的面前。

全诗虽然仅有短短的四句，但每句一景，既能独立成幅，也能合并起来，成为一个完整的艺术整体。从漫山遍野的桃花、李花过渡到山村中的农户人家；由山村人家引出劳动男女努力春耕的情景，然后全诗便戛然而止，而把妇女们负水对歌、烧畲时火光烛天以及秋后满山金黄等情景统统留给读者去想象，画面的转接与安排层层有序。

刘禹锡意为赞美劳作，却让诗句之中全无赞美的字样，而把赞美之情充溢于字里行间那优美的境界之中。

7. 江村即事 司空曙

【原文】

钓罢归来不系船，江村月落正堪眠。

纵然一夜风吹去，只在芦花浅水边。

【注释】

即事：就眼前的事物、情景（作诗文或绘画）。

罢：完了。

系：系好。

正堪眠：正是睡觉的好时候。

纵然：即使。

【译文】

此时，已深夜，月亮也落下去了，人也疲倦了。渔翁夜钓归来懒得系船，只是让渔船在水上兀自漂泊，因为没有被拴住的船只，顶多会被风搁浅在长满芦花的浅水边而已，这又有什么关系呢？

【赏析】

司空曙的《江村即事》载于《全唐诗》作品中的卷二九二。诗中所写的是关于江村之中，眼前所见的事情，但司空曙却不铺写村景江色，而是通过江上钓鱼者的一个细小动作及心理活动，反映江村生活的一个侧面，笔下的意境真切，甜美。

诗作的首句写一位夜钓归来的渔翁，因为懒得系船，便让渔船在水上任意漂荡的情景。第二句是承上启下，直接说明了渔翁“钓罢归来”的时间地点和他当下的行动与心情。君且看，渔翁将渔船停靠在村边的小溪上，而此时已是夜深人静之时，月亮落下去了，人也疲倦了，困顿得有些睁不开眼睛了，因而他索性连船也懒得系了。诗中的渔翁是随性的，但是，读者的心中至此却是充满疑惑的，不系船的渔翁真的能够安然入睡吗？于是，带着这样一个疑问，下文很自然地便被引出了：“纵然一夜风吹去，只在芦花浅水边。”这两句是答案，原来随性的渔翁是心里有数的，且不说夜里不一定会起风，即便是起风了，小船虽然没有缆绳拴住，也无非是被吹到芦花荡的浅水区而已，这又有什么关系？

整首诗作之中，司空曙并没有着力于刻画描绘周遭是如何一番的幽谧美好的环境，而是让钓者悠闲的生活情趣和江村宁静优美的景色通过笔墨的描述跃然于纸上，表达了他对生活随性、随意、随心的态度。诗作中语言风格朴实自然，整体诗风清新飘逸，融于诗情画意的幽美意境毫不突兀。

8. 观村童戏溪上　陆游

【原文】

雨余溪水掠堤平，闲看村童谢晚晴。

竹马踉跄冲淖去，纸鸢跋扈挟风鸣。

三冬暂就儒生学，千耦还从父老耕。

识字粗堪供赋役，不须辛苦慕公卿。

【注释】

晚晴：放晴的傍晚夕阳。

竹马：儿童游戏，折竹骑以当马也。

踉跄：跌跌撞撞，行步歪斜貌。

纸鸢：风筝，俗称鹞子。

儒生：这里指塾师。

千耦：指农忙景象。

粗堪：勉强能够。

赋役：租税劳役。

不须：不必要。

【译文】

接连的大雨过后，村中小溪的水就快要漫过堤岸与之相平了。听闻消息前来观看的村童们聚集在一起，稚气可爱地向老天爷祷告，感谢雨过天晴，他们终于有了可以聚在一起嬉戏玩乐的机会了。这些孩子开始了丰富的游戏，有的骑着竹马踉踉跄跄闯进了烂泥坑，有的拽着风筝疯跑，手舞足蹈地看风筝在天上迎风高飞。想想还是孩童来得快乐啊，他们冬季的第三个月就开始在书塾中跟着老师学文，直到农忙时节才回家跟随父兄耕田种地。其实小孩子的童真多么宝贵，在识字之后能够应付租税劳役也就可以了，没有必要过于辛苦读书或者羡慕王公贵族，快乐就好。

【赏析】

陆游向来都是志存高远的，他从小就熟读兵书文典，丝毫不曾留意阡陌之间的事情。然而就在宋孝宗乾道三年（1167年）期间，因为种种原因，他仕途受阻，倍觉郁郁而不得志，所以在山阴一隅抒发心志，写了这首《观村童戏溪上》，诗的表面是表达对于孩子童真的态度，内在是抒发自己对仕途命运的无奈，终究是郁郁不得志围绕心间。

南宋时期，民间的孩童游戏种类繁多，非常丰富。单在陆游的这首诗作中，便提及了两种游戏，一是“骑竹马”，一是“放风筝”。小小的娃骑着竹马踉踉跄跄地跑，跑着跑着不知怎么的就晃晃悠悠地连人带“马”冲进了烂泥塘里，浑身上下泥水飞溅，这是一幅童趣满溢的画面，让一旁看游戏的人也不禁感到开心。小孩子奋力牵扯着的风筝在天上飞舞，看着风筝左摇右摆，拉紧的风筝线让小孩子又兴奋又紧张，一边跑一边高兴地大叫。读着读着，不知不觉间就会让人会心一笑，不由自主地羡慕起那些天真无邪、无忧无虑的小小孩童来。快乐其实很简单，何须去追求那些遥不可及的功名利禄呢?

9. 浣溪沙·软草平莎过雨新 苏轼

【原文】

徐州石潭谢雨，道上作五首。潭在城东二十里，常与泗水增减清浊相应。

软草平莎过雨新，轻沙走马路无尘。何时收拾耦耕身？日暖桑麻光似泼，风来蒿艾气如薰。使君元是此中人。

【注释】

泼：泼水。

蒿艾：两种草名。

薰：香草名。

元是：原是。

【译文】

大雨过后放眼望去，一片沐浴着雨水的碧绿映入眼帘，清新夺目，那是大片大片柔软的青草，还有亮油油的整齐的莎草；雨后，路上的沙土也被雨水淋湿了，骑马而过不见一丝扬尘。我在雨后的一片清新之中，忽然心生疑惑，何时才能卸下俗务，抽身归田呢？且看那欣欣向荣的野田在春日的阳光照耀下，正闪烁着耀眼的光芒，一阵暖风吹来，带着蒿草、艾草的熏香扑鼻，沁人心脾。虽然此时我的身份已成为使君，但是我内心却没有忘记自己出身农家。

【赏析】

苏轼当年作《浣溪沙》词五首于徐州谢雨的道上，此篇所选的这首便是其中之一首。据有关史料记载，徐州有一年春天发生了颇为严重的旱情，就是在元丰元年（1078年），此诗作于那时。因为旱情严重，人们渴望雨水，于是盛传民间说辞：只要将老虎头置于潭水中，即可得雷雨交加。而苏轼作为州官，曾依照百姓说法，去往离城东20里远的石潭置虎头求雨，并作有《起伏龙行》诗以记其事。得雨后又赴石潭谢雨。苏轼依照民众心愿，恰恰在对雨水的一求一谢中，把对民生疾苦的关怀与牵挂表露无遗。

词作中的景致皆是途中所遇见闻，有即见即喜即写的艺术呈现效果。诗词具有清新浓郁的生活气息，描绘了优美自然的村野风光，是北宋时期农家乡野词中的佳作，诗词风格、结构、语言、诗境皆是上品。

《浣溪沙·软草平莎过雨新》这首词主要写一路所见所闻

以及诗人的人生感悟。放眼望去，乡野村道的前方却见一马平川的草平沙轻，辽阔中又不失雨后清新，雨水洗过后空气走马无尘，眼见这番极好景致，在混沌无奈的朝堂政治之中，真是一片清新净透，让人不禁沉醉，此情此景让苏轼深受感染，心生慨叹，对比自己尚不得知的人生归宿颇有心悸。就在那一刹那，苏轼的脑海中，升腾起了隐居田园的强烈愿望，可是身为州官，苏轼深深地明白，要将这样的愿望变成现实，必然受到各种各样的因素的制约，是近乎不可能的，于是他唯有将满心的激动，化成绵绵的诗意，倾注在字里行间。

词作的上阕，所写乡野风光的蓬勃景象是触景生情，在情感基调上走先扬后抑的路线。词的下阕开启也不离以景起笔。以浓郁的田间风光描写为主。雨过天晴之后，灿烂的阳光照耀大地，桑麻之上因附有大量的雨滴，所以在阳光的照耀下，亮闪闪的一片，分外耀眼。此处苏轼妙在以“泼”字形容日光照射，在静物描写中却有极其形象和颇有意境的“动态”之感，既能感受到日光照射的温暖，又非常符合阳光洒落的物理特点，一字一句堪称匠心独运。而所写的植物蒿艾，原本就自带淡淡的清香，再经雨水洗刷、日光照射蒸腾，这种淡淡的香味就随着风儿在空气中干净、清新又浓郁地飘荡开来。视觉与嗅觉的描写接续自然，重笔濡染，使人回味无穷。

10. 风流子·茅舍槿篱溪曲 孙光宪

【原文】

茅舍槿篱溪曲，鸡犬自南自北。菰叶长，水葓开，门外春波涨绿。听织，声促，轧轧鸣梭穿屋。

【注释】

槿篱：密植槿树作为篱笆。溪曲：小溪弯曲处。

水葓：即荭草。

【译文】

临着小溪边，稍有迂回的静谧处，拨开整齐而密实的槿树篱笆，坐落着一间小小的茅草屋。偶尔可以见听鸡鸣犬吠的“协奏曲”，时不时地从小草屋的南北方向传出来。水边的茭白叶子已经长成，可以采摘下来烹煮美味的菜肴。那叶呈红色的荭草也已经开放了，门外池塘之中碧波荡漾。即便是我身在篱笆小墙之外，根本没有走进院子，也没有看见院子里正忙于织布的农家妇女，不过从一阵阵“轧轧”的织布声中就能听出农家一定在忙碌着。

【赏析】

孙光宪，字孟文。一生历经了五代的后唐以及北宋初期。他博通经史，孜孜不倦，毕生不曾停止学习的脚步，著有《北梦琐言》《荆台集》《橘斋集》等文集，但遗憾的是只有《北梦琐言》传世。词存八十四首，诗作风格与“花间派”的绮丽夸艳有异，堪称诗词文学上一道亮丽的风景。

这首《风流子·茅舍槿篱溪曲》，描写了一派田园、村舍自然恬淡的美好风光，生活气息浓厚，在他的八十多首词中，是非常别具一格的。词中描绘的那一幅安详的水乡农家图，闲适、幽静，无忧无虑，在这样的氛围中，连鸡犬都尚且能够从容不迫地散步，觅食，如此的景致与氛围，令人无限向往。

从这股安静祥和之中透露出来的勃勃生机，蔓延在叶上，在花上，在门外流水中，在门内人家一日劳碌作息之中。那种为了明天更好的生活而所从事的劳动，即使很辛苦，也是极为快乐的。如此一种乐观对待生活的热情，同样也深深感染了词人。

在词作的艺术处理上，孙光宪紧紧地抓住了一系列富有明显水乡农村环境特征的景物以及乡村的生活内容，再配以简练而朴素的语言进行描绘，写出了春临水乡，万物蓬勃的那种积极的生命力，动静协调，更具有浓郁的农家风味。

第四篇

风雪飘摇凝心志，明月春风怀故乡

（羁旅诗）

1．渡浙江问舟中人 孟浩然

【原文】

潮落江平未有风，扁舟共济与君同。

时时引领望天末，何处青山是越中？

【注释】

浙江：即钱塘江。

扁舟：小船。《史记·货殖列传》："范蠡既雪会稽之耻，乃喟然而叹曰：'计然之策七，越用其五而得意。既已施于国，吾欲用之家。'乃乘扁舟浮于江湖。"

济：渡。

引领：伸长脖子远望。

天末：天的尽头。指极远的地方。

越中：即今浙江绍兴。

【译文】

钱塘江潮过后，江面之上一片风平浪静。我乘着一艘小舟在江中与君相逢。在茫茫的江水之中，我不时探头向天边眺望，同途的旅客啊，您可知道此间的哪座青山是我正要前往的越中?

【赏析】

品读这首诗作时，心中总会升腾起这样的一个句子：愿有人陪你风雨同舟。

在开元初到开元十二三年时段，孟浩然曾满怀抱负几度出入于张说门下，但是都在郁郁不得志中度过，因为自己心怀壮志却未能得以施展的遗憾，在开元十三年（725年）秋天，他从洛阳出发，沿途经汴河一路南下，途经广陵渡江到达杭州，开启了一次“吴越之游”。就在渡浙江至越州之时，偶遇钱塘江潮，于是诗兴大作，写下了这首佳作。

诗作的首句所讲的，就是渡江遇潮水的事情。“潮落”“江平”“未有风”，这三个看似平淡的常用词语，在此处却形成了短促而有力的节奏，成功地描写出了诗人因为被潮水阻断了旅途的焦急以及潮水退去之后航程得以继续的惬意愉快的心情。

载着孟浩然徜徉于钱塘江上的渡船并不大，人们通常把这种不是很大的渡船称为“扁舟”。就在孟浩然偶遇钱塘江潮的时候，扁舟之上，还载着其他乘客，尽管同舟之人来自五湖四海，素昧平生，可是却因为一叶扁舟而相遇，再因为一场潮水而停留，大有风雨同舟、同舟共济之感，更因此而觉得甚为亲切与投缘。彼此相视而笑，款款作揖，不需要知道对方姓甚名谁，只消以一个“君”字相称，便将当时淳厚的民风以及质朴的人情世故表达得惟妙惟肖。

就在同舟众人亲切而又质朴的寒暄声中，诗人举目而望，只见彼岸隐隐约约的青山轮廓映入眼帘，他忽然想起，眼前这里的山川河流多有美名，比如前代诗人谢灵运就曾到此并且停留欣赏，且遨游歌咏并为后人所知所传。于是，连绵的山峦顿时让他的思绪翻飞不已，时时引领眺望天边，想要竭力看到那方他向往已久的山水。诗中此处，并没有具体的景物描写，只是单纯地以“青山”二字点名，而“时时引领望天末”一句，则将越中山水所有的美尽数传递与渲染。

2. 除夜作 高适

【原文】

旅馆寒灯独不眠，客心何事转凄然。

故乡今夜思千里，霜鬓明朝又一年。

【注释】

除夜：除夕之夜。

客心：自己的心事。

转：变得。

凄然：凄凉悲伤。

霜鬓：一作愁鬓，白色的鬓发。

明朝（zhāo）：明天。

【译文】

一盏微弱的灯让原本凄清的旅馆此刻显得更加冷冷清清，

它照射进孤枕之上辗转难眠的旅人的心头，平添万千思绪。人在客途，为何总会这般凄然忧愁呢？因为我知道就在今夜，故乡的家人一定也在思念着此时远在千里之外的我。而他们又怎么知道，身处异乡的我鬓发已经变得斑白，今夜一过，明日又添新岁。

【赏析】

人都说除夕之夜是团圆之夜，自古至今，中国人过除夕，必定是一家欢聚“达旦不眠，谓之守岁”的。然而在高适这首《除夜作》之中，所讲述的却是另外一种与之不同的情景。此诗的诗风自然平易，既没有生僻的字句，也不见华丽的辞藻，只是用了浅近的口语，表达自己对于除夕夜的平常感受，将人在他乡逢佳节，倍觉孤单倍思乡的游子情结表现得淋漓尽致，感人肺腑。

除夕时分，当羁旅天涯的旅人眼看着周遭的万家灯火通明与欢声笑语不息，而自己此刻却远离家人，身居客舍，形单影只之际，不由触景生情，孤独渐生，思乡更甚。由于愁绪作祟，就连眼前正在散发着光和热的灯火，在他看来都变得“寒”气逼人了。“寒灯”是对旅馆的冷清以及内心孤寂的一种渲染，此情此景让人辗转难眠，而“独不眠”之时，自然又会想起往昔岁月，一家人团圆围坐一起，仿佛看到了在新年之夜其乐融融一起守岁的温馨画面。这种憧憬与回忆，同诗人此刻的处境形成强烈的对比，更是让人心情悲凉。

第二句“客心何事转凄然”有着承上启下的作用，通过提问让其间隐藏着的思想感情进一步明朗化，因人在旅途，所以称之为“客”。诗人在此处问道：“人在客途，为何总会这般凄然忧愁呢？”其实原因很简单，就是因为在除夕团圆之夜，浓浓的节日气息把旅人紧紧包围，使之更觉孤单，孤寂寥落的感觉便借机肆意滋长。对千里之外故乡亲人的思念以及对时光流逝的感叹，交汇在一起，诱发了绵绵无尽的心绪。

3. 余干旅舍　刘长卿

【原文】

摇落暮天迥，青枫霜叶稀。

孤城向水闭，独鸟背人飞。

渡口月初上，邻家渔未归。

乡心正欲绝，何处捣寒衣？

【注释】

摇落：零落。《楚辞·九辩》：“悲哉秋之为气也，萧瑟兮草木摇落而变衰。”迥：高远貌。

背人飞：离人而去（飞）。

【译文】

秋天到了，山野之中草木凋零，骤然一眼，倒也是周遭一片清旷疏朗。傍晚时分，暮色渐渐泛开，向着四面八方铺展，枫树的叶子被寒霜摧残得稀稀落落的。不远处那座孤零零的城楼矗立，原本向着河水而开的城门牢牢紧闭着，只有一只飞鸟朝着荒无人烟的方向拍翼远飞。月亮从山坳那边升了上来，悬挂在渡口上方的天幕上，出去打鱼的渔船尚未归来，空荡荡的渡口忽然勾起思乡之人无限的心痛。就在这个时候，不知道何处又传来缝制寒衣用捶衣棒捣平褶皱时的砧声，在静寂的秋夜里，声声捣动心扉。

【赏析】

开始品诗之前，先让我们一起来了解一下关于余干县的一些历史资料：

唐时期的饶州余干，是指今天坐落于江西省的余干县。在先秦时，这个地方名叫余汗，因为地境内有余水、汗水而得名，作为越国西向边疆的城邑，在安仁江（即今指江西境内信江）西北。安仁江上游属于楚国，所以作品中提到“楚水西”。汉代时名叫作余汗县，到了隋代又更名为余干县。唐代迁移县治，这个旧县逐渐没落荒芜。

《余干旅舍》这首作品是诗人刘长卿在唐肃宗上元二年（761年）从岭南潘州南巴贬所北归时路过余干创作的。秋天里的某一日，刘长卿因为一次偶然的机会，寄宿于余干旅舍，他伫立于门外，只见秋风萧瑟，草木摇落，暮色渐深，城门紧闭。霎时间，霜叶、孤城、独鸟、月、捣寒衣一番秋日萧瑟的景象与他满腹凄清的思乡之情交融在一起，于是成就了这篇五言律诗之中那份浓浓的羁旅思乡之情。

这首诗作是以日暮之后的景色作为时间顺序进行描写的，从尚且看得见“枫叶稀”的日暮时分，写到夜色渐浓，城门关闭，再蔓延至描写夜空中有明月缓缓明亮起来，此刻夜深人静，坐在这里听闺中思妇捶捣寒衣的砧声，以动衬静，渲染了加倍升级的“极静”，时间一分一秒地游走，诗人满心凄凉的感情也在随之而递进，如此一股感情酝酿回旋，直到最后抵达了情感巅峰，将凄凉清苦的心绪描刻得伤及肺腑，痛入骨髓。正因为诗人在余干这座城中居住了许久，日日独自在感悟着周遭的一切，客途的孤独、寂寞的情怀与思乡愁绪日渐浓重，直到最后积淀成为“乡心正欲绝”。为了使这股浓浓的愁绪能够得以抒发，他便巧妙地将自己内心的感情融入环境之中去表达，令诗作变得意蕴深厚，令人难忘。

4．晚次鄂州 卢纶

【原文】

云开远见汉阳城，犹是孤帆一日程。

估客昼眠知浪静，舟人夜语觉潮生。

三湘愁鬓逢秋色，万里归心对月明。

旧业已随征战尽，更堪江上鼓鼙声！

【注释】

晚次：指晚上到达。

一日程：指一天的水路。

估客：商人。

舟人：船夫。

夜语：晚上说话。

三湘：在今湖南境内。由鄂州上去即三湘地。这里泛指汉阳、鄂州一带。

更堪：更难堪，犹岂能再听。

征战：指安史之乱。

江：指长江。

鼓鼙：军用大鼓和小鼓，后也指战事。

【译文】

一路奔波，终于雾散云开远远望得见汉阳城的所在了，它就在前方行舟尚需一日路程的地方。但现在这种情况，晚上就不得不在鄂州停泊留宿了。此刻江上扬帆航行，水面上风平浪静，一起乘船的商贾白天临窗倚枕，不觉间已经酣然入梦，打起了鼾；到了夜深人静之际，忽然听见船夫叫唤的声音，夹杂着加缆扣舷之声，无须多问，便知是夜半时分江潮突涨了。三湘之间秋色几度更替，两鬓发丝不知不觉中早已变白，此时空中的一轮明月高悬，让我思归心情更为迫切，我在故乡的所有家业已经在连年的战火中毁尽，如今听见这江上传来的鼓角声声，免不得让我焦灼万分。

【赏析】

真正称得上上品的好诗，不需要有浮夸的语言与华丽的辞藻，真情实感才是它最为可贵的所在，因为诗人是用了真心去创作作品的，赋予了其全部的真情，所以不会让人觉得扭捏造作。并且尚有一个不成文的定论，便是若长期身处颠沛流离、生离死别的生活氛围之中的诗人，他整日躬逢其事，身临其境，因而吟咏出来的诗作，必定也是感同身受、情意真切、极易动人的佳品。正因如此，严羽曾经说过这样的一句话：“唐人好诗，多是征戍、迁谪、行旅、离别之作。”

唐朝是一个极富传奇的朝代，它辉煌、华丽、雍容、富贵，但它也有纷争、战乱、动荡、裂变。因为有如此特别的历史背景，所以，唐朝注定是个诗意纷呈的时代。卢纶的这首《晚次鄂州》，便是写于兵火战乱之时，诗作之中那一份背井离乡、颠沛奔波的苦楚，情真意切，根本无须诸多的雕琢，便能够佳句频出。

卢纶在诗作的首联便向读者袒露了自己“晚次鄂州”的心情。一路奔波，终于雾散云开远远望得见汉阳城，它就在前方行舟尚需一日路程的地方。可正因为离最想归处如此之近，却不能归而极致感伤，今晚就不得不留宿鄂州了。这一句之中所蕴含的，是诸多的无奈与疲累。他的这一路行程，路途曲折，先从江西沿着长江上行，途经鄂州（治所在今湖北武汉市武昌）再直接抵达湖南。而诗句之中所提及的“汉阳城”则在汉水北岸，鄂州之西。眼见着目的地就在不远之处，诗人的心情甚是喜悦。因为他身在战乱之中四处漂泊，早已心生厌倦，只愿自己能早日觅得个栖身之所，故而，当他乘着云消雾散之时，远远地望见了汉阳城，他的心中怎能不因此而感到欣喜？

在这样的基础上，卢纶又在颔联向人们诉说了自己“晚次鄂州”的景况。此时此刻漂荡在江面，波面寂静，无风无浪，同在一条船上的商贾倚靠着船窗，就不自觉地打起呼噜，睡得香甜；到了夜深人静之际，忽然听见船夫叫唤的声音，夹杂着加缆扣舷之声，无须多问，便知是夜半时分江潮突涨了。这便是诗人辗转途中，昼夜不宁的真实写照，尽管他早已习惯了这样的生活，但是这样的氛围依然让他觉得枯燥乏味。

诗作的颈联所写的，是诗人“晚次鄂州”的联想。时值寒秋，一个令人有无限悲凉之感的季节，本来无限的惆怅早已使人自感两鬓如霜了，而如今人往三湘而去，心却飞驰重回故乡，如此焦灼，独对明月，归思更切！诗中“三湘”所指的地理位置在湖南境内，正是卢纶此次出行与家乡背道而驰的目的地。因他的家乡远在万里之遥的蒲州（位于今山西永济）。秋风渐起之时，缤纷的落叶伴着青霜坠落，更平添了他的思乡之情。经典的一字——“逢”，将全诗情感格调定位，本就是凄凉秋色，又遇到愁情万千，于是情感更加发酵，也恰好移愁情于秋色，互通互融。“万里归心对月明”，其中欲言又罢的愁绪不可言喻，颇具回味，这种难言的愁绪中既有望穿万里之外家乡归途的期盼，也有家书久滞萦怀妻儿的思念，愁肠不得解结，煞是动人肺腑。

尾联写的，则是卢纶不得不“晚次鄂州”引起的心里感叹，他寄情于诗，寄人生光景于这一夜“晚次鄂州”的缩影，诉说自己有家不能归，只能在异域他乡波折颠沛的无奈。而他所拥有的田园家业，事业功名，都在常年不停的战乱中沦为泡影，不复存在。直到现在战火烽烟也未停息，江上依旧能够听见远处传来干戈鸣响，战鼓声声。沦为战场的家乡，诗人虽然早已远离，但是这一路之上的山河破碎，满目疮痍，更让他觉得愁上加愁了。

5. 成都曲 张籍

【原文】

锦江近西烟水绿，新雨山头荔枝熟。

万里桥边多酒家，游人爱向谁家宿。

【注释】

锦江：在四川省，流经成都。

烟水：雾霭迷蒙的水面。

万里桥：桥名，在成都城南。

爱向：喜欢到。

【译文】

锦江之上烟波缭绕，波光粼闪，碧绿盈盈，雨过天晴的山坡上，已经成熟的荔枝在飘溢清香。围绕着城南的万里桥，开着各式各样的酒家，前来赏玩的游客们，最终会喜欢在哪一家中品尝美酒、驻足留宿呢？

【赏析】

十大古都之一的成都是一座极富历史底蕴的文化名城，古蜀文明在这里发祥。在公元前四世纪，开明王朝九世因为“一年成邑，二年成都”，因此定名为成都；先后有7个割据政权在此建都；一直是各朝代的州、郡治所；汉为全国五大都会之一；至唐跻身为中国最发达的工商业城市，素有“扬一益二”之称。成都是许多人一生的向往，多少人都梦寐以求想去成都一游，在玉林路上走一走，然后安坐在街边的小酒馆中，点上一壶小酒，静看流光掠过。

当年，诗人张籍也曾往成都一游，并写下了这首名为《成都曲》的诗作。诗作通过对风物人情、市井繁华等一系列成都市郊风貌的描写，表现了诗人心中对太平生活的向往。之所以起名为《成都曲》，是因为这首诗歌本身音韵不拘平仄，所以用乐府体的“曲”字为示。

在成都城的南郊，有一条名为锦江的江水静静地流淌着。江水清澈见底、温婉俊秀，衬得景色格外柔美，宜心宜人。锦江之南为郊野，锦江之北为市区，江中常有商船通过，江岸之上商业繁华，分外热闹。诗作的开篇两句所写的，便是当年张籍顺着锦江向西而望时所见的美丽景象。那个时候新雨初霁，霏霏细雨在绿水烟波的笼罩之下格外温柔，周围迂回着连绵的青山，岭上成熟的荔枝已经沉甸甸地垂红，清香飘荡在绿野之上，堪比视觉与嗅觉共赏的山野风光图。秀丽风景，惹人流连。景色之所以怡人，是因为先愉悦了人的心情，而后又给人带来了感官上的欢快。

成都之旅，怎能无酒呢？于是诗人前两句诗写完郊野怡人的景色之后，后面两句以“桥”引出了“酒家”，写市井之中的繁华景象。只看在那桥下自入岷江匆匆流淌着的河水，从岷江一路奔流到宜宾，最终与金沙江汇合流入长江，大江东流奔腾直接抵达南京。唐朝繁荣之时，商贾往来，船只很多，成都城中也常有商贾留宿，于是唐朝时期成都城中开得最多且最为热闹的，便是小酒馆了。南来北往的商人游子闲暇之时聚集于酒馆之中，闲聊攀谈，好一番热闹的景象。置身于车水马龙的热闹市集之中，诗人也跟着迷惑了，于是他开心地问一句：“到底该选择哪一家客栈留宿饮酒才是最惬意自在的呢？”从这既问他人亦问自己的语气之中，我们仿佛身临其境，被处处招待热情、家家朴实诚恳的风土人情和别有风味、令人“闻香下马”的好酒所吸引。真的是“家家有酒香自飘，榻中温暖惹人留”，这样一来，去哪家歇息反而成了一件需要“斟酌”的事儿了。

读完张籍的这首诗作，耳边总是回荡着这样的一段旋律：“和我在成都的街头走一走，噢……直到所有的灯都熄灭了也不停留。你会挽着我的衣袖，我会把手揣进裤兜，走到玉林路的尽头坐在小酒馆的门口。分别总是在九月，回忆是思念的愁，深秋嫩绿的垂柳，亲吻着我额头。在那座阴雨的小城里，我从未忘记你。成都，带不走的只有你……”

这就是张籍“看似寻常最奇崛”之风格所在，怪不得，沈德潜在《说诗晬语》中如此评论：“七言绝句，以语近情遥、含吐不露为主；只眼前景，口头语，而有弦外音，味外味，使人神远。”

6. 江陵使至汝州 王建

【原文】

回看巴路在云间，寒食离家麦熟还。

日暮数峰青似染，商人说是汝州山。

【注释】

江陵：今湖北省江陵县。

汝州：今河南省临汝县。

巴路：巴山小路。

麦熟：小麦成熟，指五月。

染：点染，书画着色用墨。

【译文】

走在巴山的小路上，但见白道如丝，一直朝着前方蜿蜒伸展，仿佛最后会一直隐入天际的云朵之中。记得当时背井离乡恰恰是寒食节日，郊外四野还只是一片片新绿抽芽，而时光荏苒，如今重归故里，看那田间垄上，已是一片沉甸甸的金黄了。傍晚时分，前面出现了几座像染过的青翠欲滴的山峦，听同行的商人说，这便是汝州附近的山峰了。

【赏析】

山川风物与心绪情感的完美契合，是纪行诗最为吸引人的艺术特点，其艺术魅力不可估量。

诗人王建在唐宪宗元和五年（810年）时供职于魏博节度使田氏幕府，在他出使荆南（治所江陵）的归途中，被眼前的怡人景色吸引，创作了《江陵使至汝州》这首纪行诗。

按照诗意，共分为“回望来路”“瞻望前路，计算归期”两个主要过程，同时对一路所见景色进行描写。将自己于旅途之中的所见所闻融汇在字里行间，从而构成了与众不同的意境与风格。

诗中首句所讲的，是从江陵到汝州的一路旅程，路途遥远，艰辛跋涉。诗人回首自己曾经走过的路，知道归途在望，心中思乡的念头更为浓烈了。他对着江陵城的方向极目远眺，却无法望尽归途，不由得心头泛滥起怀念与遥想。想想自己寒食离家的时候，郊原之上还是一片嫩绿，而当自己回到家中的时候，田间垄上，必定早已披上了一片金黄。一想到这里，诗人便开心不已。当然，更让他欢喜的是，青翠的峰峦，据同行的商人说，那就是汝州附近的山峰啦。诗人的家就在颍川城中，眼见着汝州就在不远，而一旦到了汝州，也就意味着差不多能回到家中了。

纵然诗的结尾处在表面看起来情感并不浓烈，在悠悠淡淡中徐徐收住，只在说一路行途中的自然见闻，对自己内心的情感如何、所思所想未着一字，却自有一番韵外的景致，令人读之，自然也对诗人如今归心似箭的情绪感同身受。

7. 次潼关先寄张十二阁老使君 韩愈

〖原文〗

荆山已去华山来，日出潼关四扇开。

刺史莫辞迎候远，相公新破蔡州回。

〖注释〗

次：驻军。

潼关：在陕西潼关县北，于东汉末设，为秦、晋、豫交通要塞。

荆山：又名覆釜山，在今河南省灵宝境内，潼关之东，距潼关西面的华山二百余里。

蔡州：淮西藩将吴元济的大本营。公元817年（元和十二年）十月，唐军破蔡州，生擒吴元济。

【译文】

刚刚经过荆山不久，便来到了华山的地带，在一片红日东升的景象中，潼关四门大开。刺史大人不要担心前来迎接的路途遥远，因为这比起宰相裴度刚刚攻破蔡州凯旋的功勋来，根本不算什么。

【赏析】

《次潼关先寄张十二阁老使君》作为韩愈平生的第一首快诗，以一反绝句含蓄婉曲的手法，以劲笔写诗篇，在短小的篇幅之中呈现波澜壮阔的意境，堪为极富个性的佳作。

诗的开头两句是实景描写，重点叙述凯旋的大军浩浩荡荡抵达潼关时豪迈而壮丽的图景。荆山又名覆釜山（今河南灵宝境内），与陕西华山为伴，彼此相距不到二百里。诗作开头的第一句，诗人便将读者的视线从荆山直接跨越到了华山，仿佛凯旋的军队能在瞬息之间便跨过广阔的地域，宏大的气势，为全诗定下了雄壮的基调。

隆冬之际，必定多雪，而旭日东升，冰雪消融，则意味着藩镇割据局面终于在此时得以扭转，元和中兴的理想由此得以实现。潼关古塞在明媚灿烂的阳光下焕发出了崭新的光彩，此刻将士们将所有的大门统统开启，使昔日狭窄不容车行的险隘一下子变成了庄严宏伟的凯旋门。这两句中，虽然诗人没有直接刻画描写人物，但是却将壮观的图景直接镌刻在字里行间，给读者留下了极为广阔的想象空间。

诗的后两句重点以抒情笔调写道，提前告诉华州刺史张贾筹备丰盛的美酒佳肴，犒赏军中将士。他说：“远迎凯旋的将士，本应不辞劳苦。”有意思的是，说这番话的，不是出迎一方，而是接受欢迎的一方，这就显得极为特别了。可见其满腔豪情，完全抛开了世俗的客套，将所有的自豪得意、主人翁的宽阔胸襟表达得淋漓尽致。

第四句相公具体指裴度，他德才兼备，时任平淮大军的实际统帅。淮西一战告捷，与他的运筹帷幄、才智过人是息息相关的。在元和十二年的十月，唐将李愬在一个雪夜出战并成功攻破蔡州，活捉吴元济。诗中对裴度的才智由衷地赞不绝口，反映了作者对统一战争积极肯定的态度，给人以十分鲜明深刻的印象。

8. 菩萨蛮·人人尽说江南好 韦庄

【原文】

人人尽说江南好，游人只合江南老。春水碧于天，画船听雨眠。

垆边人似月，皓腕凝霜雪。未老莫还乡，还乡须断肠。

【注释】

游人：漂泊的人，即作者自谓。

只合：只应。

江南好：白居易所作的《忆江南》词，首句即为“江南好”。

碧于天：一片碧绿，胜过天色。

垆边：指酒家。

皓腕凝霜雪：形容双臂洁白如雪。

须：必定，肯定。

【译文】

但凡到过江南的人，都说江南好，因为一入其中，便有了从此不想离开的念头。至今还记得江南的春天，江水清澈碧绿，就连天空的碧蓝都要逊色几分，江中还有彩船荡漾，你可以在船上听着雨声入眠。江南还有美丽娇俏的卖酒少女，她给人盛酒的时候，常常在无意间撩起袖子，露出洁白如雪的双臂。多想立刻回到那里啊，只可惜我如今壮志未酬，功名未得，又怎么回得去呢？就是回去，也必定要愁肠寸断。

【赏析】

人都道“遇一人白首，择一城终老”。人生匆匆，若真的可以选择，江南的确是值得为之流连忘返，乃至居至终老的地方。

韦庄这首《菩萨蛮·人人尽说江南好》，是他所作的《菩萨蛮》五首中的第二首，并且是作为承上启下，对第一首回应的一首。那么，他的第一首《菩萨蛮》写的是什么内容呢？

“红楼别夜堪惆怅，香灯半卷流苏帐。残月出门时，美人和泪辞。琵琶金翠羽，弦上黄莺语。劝我早归家，绿窗人似花。”

原来，他的第一首词作，写的是他早年在洛阳时的一段美好的恋情。当时他为了前程理想，迫不得已离开深爱的女子，临别之时，女子弹了一曲琵琶为他送别，并叮嘱他一朝求得功名，莫忘了早日回来。所以，韦庄这第一首词的字里行间，全是离别之际依依不舍的情感流露。

而第二首《菩萨蛮》，韦庄却说出了自己彷徨的心声。江南是他极想回去的地方，城中尚有佳人每日翘首盼望，可是时至今日自己求取功名不得，又怎能轻言回去呢？江南的美，人人皆知，只是逃避战乱且满心梦想未能实现的人，又怎么会有归属感？隐藏于此间的情感极为沉郁，但又格外真挚，令人动容。

过片之处，韦庄所用的是卓文君的典故。汉时蜀人司马相如与巨富卓王孙之女卓文君生情私奔，而卓王孙却宣布与文君断绝关系不再相认，无奈之下，司马相如同文君一起努力开了一家小酒坊，文君负责当垆卖酒，司马相如则系着围裙，不顾颜面在大街上洗涤酒器。“垆边人似月，皓腕凝双雪”，垆所指酒垆，垆边人指的就是自己的枕边人，意为发妻，恰恰就是上一首作品中所提及的“绿窗人”。如果一旦触碰思念这个话题，韦庄又怎么能不思念与自己情投意合、肤如脂玉、面如桃花的美丽发妻？“莫还乡”的真实本意便是“恨不得此时还乡”。此处韦庄以一个“莫”字，表现出自己心中那份极为深婉且沉痛的情意，表现了自己对故乡欲归不得的盘桓郁结的苦衷。

9. 南乡子·烟漠漠 李珣

【原文】

烟漠漠，雨凄凄，岸花零落鹧鸪啼。远客扁舟临野渡，思乡处，潮退水平春色暮。

【注释】

漠漠：烟雾迷蒙的样子。

凄凄：寒凉貌。

扁舟：小船。

临野渡：靠近荒野渡口处。

水平：水面平静。

【译文】

风雨寒凉、江岸凄迷的春日时分，岸边的烟雾在空气中袅袅升腾着。花儿已经凋谢了，一抹残红伴着远处的鹧鸪啼鸣，凄凉。野渡之上，系着远方来客的一叶扁舟，江上潮水已经退去，周遭一片寂静，此情此景，最容易引发心中的阵阵乡愁。

【赏析】

品读这首《南乡子》，总有一种类似于欣赏一幅着墨不多但却意蕴浓郁的水墨画一般的感觉。满纸的春愁浓浓，如同词中所说的“烟漠漠，雨凄凄”一般，令人沉沦。

之所以如此，或许是因为心中有愁绪万端无法诉说吧。因为这样，所以连岸边自然盛放又兀自凋零的花朵，在词人的眼中都是悲伤且哀愁的。

词人为何这般忧郁呢？皆因心中有浓浓乡愁，无法散去，于是他索性把这份无处发泄的思乡之情，像喷泉一样喷射，肆意渲染，令周遭的烟枝雨叶都因此而改变了它们的本来面目。这首词的结构貌似简单，“单调小令”前有十三字平韵，后有十七字仄韵，却在读诗的角度从韵脚的变化处，容易产生上下片的错觉，这种错觉堪称隐含的艺术。这首词前十三字，字字描景处处建立诗境；后十七字，用叙述的方式说明自己心中的乡愁。虽然在音韵上感觉不够连贯，但是在文字与内容上却仿佛一气呵成。

10．归朝欢·别岸扁舟三两只 柳永

【原文】

别岸扁舟三两只。葭苇萧萧风淅淅。沙汀宿雁破烟飞，溪桥残月和霜白。渐渐分曙色。路遥山远多行役。往来人，只轮双桨，尽是利名客。

一望乡关烟水隔。转觉归心生羽翼。愁云恨雨两牵萦，新春残腊相催逼。岁华都瞬息。浪萍风梗诚何益。归去来，玉楼深处，有个人相忆。

【注释】

归朝欢：词牌名。也是柳永的自制曲，收纳在《乐章集》并注“双调”。

别岸：离岸而去。

葭（jiā）苇：芦苇。

萧萧：草木摇落之声。

淅淅：风声。

沙汀：水中沙洲。

破烟：穿破烟雾。

行役：指因服役或公务而跋涉在外。后泛指行旅。

只轮双桨：意为坐车乘船。轮，代指马车。桨，代指船只。

利名客：热衷仕宦、追求利禄的人。

一望：一眼望去。

乡关：家乡。

归心：回家的念头。

牵萦：纠缠；牵挂。

残腊：腊月的尽头。

岁华：年华。

浪萍风梗：形容人漂泊不定。

【译文】

遥看远处岸边，散落停泊着三两只小船，有夜风阵阵吹起，池水中刚刚生长出来的芦苇丛就随着夜风摇摆，叶浪滚滚、萧萧作响。江心沙洲中宿雁被声响惊动，拍翼而起冲破烟雾，朝天空飞去。一轮残月照在小桥上，桥面上凝结着的白霜在月光的映照下，显得更加白了。天色渐渐明亮起来，早起的人们也逐渐打破黎明的寂静。来来往往的人们，无论是坐车的还是乘船的，行色匆匆，必定是在为了名和利奔忙吧。

遥望远方，故乡关河与我相距千万里，不觉思乡，此时此刻就按捺不住欲穷千里，嗅一嗅故乡的味道的心情了。我内心突然翻涌起归心似箭的乡情，恨不能生出双翼立刻飞回家乡故土。千丝万缕的乡愁紧紧地围绕着我，思念渐浓，日月相催，一转眼新春甫过残腊又到。年华稍纵即逝，就像浮萍断梗一样随波漂荡，终究一无所有，两手空空。不如归去吧，我知道此时家中的玉楼里，还有伊人在想念着我。

【赏析】

江乡冬日的清晨一片宁静。停泊的小船，被风吹动的芦苇以及芦苇丛中窸窸窣窣的声响，这一宁静的画面却被受了惊吓忽然拍翼飞起的大雁所打破，只见它们匆匆忙忙地冲过重重雾气，朝着远空飞去。这样一来，读者的视觉变得更加广阔了，从地面延伸到了天空，那一弯残月高悬着，和溪桥上凝结着的霜花遥相辉映着，白光烁烁。

开篇的四句，柳永以工致的白描手法，写出了旅途之中所见到的江乡冬日的晨景，那一种肃杀、苍凉的感觉直逼人心。“别岸”“葭苇”“沙汀”“宿雁”这些景物交融在一个画面，勾勒出江南水乡的婉约景致，在画面中相辅相成，在诗境中自然融合。

而随着时间与天色的推移，画面也开始有了新的变化，溪边阡陌上的人们渐渐多了起来。大家正为追逐自己心中的梦想而南来北往，步履匆忙，此时的柳永正失意于江湖，同身边的路人一道披星戴月赶路。此中的厌倦，难以言表，因而漂泊的哀伤与浓浓的思归之情也随之而蔓延伸展。

经过无数次的历练与感悟，柳永对自己的羁旅人生早已经有了较为清醒的认识，他渐渐意识到自己如今浪迹四方，梦寐以求的理想，到头来，有可能都只是一场虚无，而自己却要为之付出沉重的代价。他的心中忽而生出了厌倦，于是以不停追求爱情的方式去寻求解脱。可是，如此的抗争却又格外的苍白无力，因为爱情从来脆弱，又如何能够承受得起柳永生命之中的诸多重量呢？天下没有不散的筵席，没有恒久不变的爱情，匆匆相聚又匆匆别离，留给他的，除了苦涩的回忆，再无其他。

11. 桂枝香·金陵怀古 王安石

【原文】

登临送目，正故国晚秋，天气初肃。千里澄江似练，翠峰如簇。征帆去棹残阳里，背西风，酒旗斜矗。彩舟云淡，星河鹭起，画图难足。

念往昔，繁华竞逐，叹门外楼头，悲恨相续。千古凭高对此，谩嗟荣辱。六朝旧事随流水，但寒烟衰草凝绿。至今商女，时时犹唱，《后庭》遗曲。

【注释】

登临送目：登山临水，举目望远。

故国：旧时的都城，指金陵。

如簇：此处所指的是群峰好像丛聚在一起。

去棹：往来的船只。

星河鹭起：白鹭从水中沙洲上飞起。星河：银河，这里指长江。

画图难足：用图画也难以完美地表现它。

竞逐：竞相仿效追逐。

门外楼头：指南朝陈亡国惨剧。出自杜牧极具讽刺且悲凉意味的《台城曲》："门外韩擒虎，楼头张丽华。"即韩擒虎是隋朝建国时期的重臣名将，他亲自带领兵将已经到了金陵朱雀门外，可是陈后主却浑然不知，丝毫不在意，甚至还沉迷酒色，不知危机，正与他的宠妃张丽华在结绮阁上寻欢作乐。

悲恨相续：指亡国悲剧连续发生。

凭高：登高。这是说作者登上高处远望。

谩嗟荣辱：空叹什么荣耀耻辱。这是作者的感叹。

商女：歌女。

【译文】

在高楼上朝着远方眺望，金陵城中的景致一览入目。晚秋时分，天气清冷。澄澈的长江水千里奔流犹如白练，青翠的山峰秀美挺拔，犹如一束束箭镞耸立在江边，江上的船儿正朝着夕阳升起的方向驶去，酒家高高悬挂的酒旗迎着西风飘扬。随着烟霞在江中缓缓驶来的，是色彩缤纷的画船，一旁相伴的，是江中洲上时歇时飞的白鹭。景色如此美丽，真是再美的画笔都无法将它画足。

往昔奢靡无度、淫乱安逸的生活无休无止，虽然前有"门外韩擒虎，楼头张丽华"的亡国悲恨，但是这种悲恨结局却没有停止，人性使然，人们反而接连走上亡国老路。回首万里江山千古不变，景色从来未改，且不要感慨历史上的得失荣辱了。古都六朝风云变化，如今全都随着流水缓缓消逝，徒留下那郊外的寒烟衰草。直到如今还有不知亡国悲恨的歌女，时时犹在隔江唱响《后庭》遗曲。

【赏析】

王安石这首词写的是自己于再次罢相、出知江宁府之时，某一个深秋的傍晚，在南朝古都金陵胜地临江览胜，凭高吊古的经历。王安石对眼前所见的金陵（今江苏南京）景物的赞美中衍生了对历史兴亡的慨叹，也侧面表明其对国家政治大事始终挂怀于心。

词作的上阕为写实，是作者登临金陵故都亲眼所见所感。在景物描写的时候，有意识地从水、陆、空三个不同的空间角度进行有序的切换，从“澄江”到“翠峰”，再到“征帆”“斜阳”“酒旗”“西风”以及“云淡”“鹭起”，勾勒出了一个极为雄浑、苍凉的境界。

到了下阕，作者又另换了一个角度去述写自己在金陵的所思所想，感叹六朝从繁荣到没落，皆因荒淫而覆亡的历史事实。悲恨荣辱匆匆，往事无痕，徒留下江山无言，秋草萋萋，任后人凭吊。

作者采用今昔对比的表述方式，将历史和现实的时空交错，勾勒出了雄浑阔大的境界以及沉郁悲壮的风格，表达了自己满腔深沉的抑郁和沉重的叹息。

12. 满庭芳·归去来兮 苏轼

【原文】

元丰七年四月一日，余将去黄移汝，留别雪堂邻里二三君子，会仲览自江东来别，遂书以遗之。

归去来兮，吾归何处？万里家在岷峨。百年强半，来日苦无多。坐见黄州再闰，儿童尽楚语吴歌。山中友，鸡豚社酒，相劝老东坡。

云何，当此去，人生底事，来往如梭。待闲看秋风，洛水清波。好在堂前细柳，应念我，莫剪柔柯。仍传语，江南父老，时与晒渔蓑。

【注释】

去黄移汝：离开黄州，改任汝州。

岷峨：四川的岷山与峨眉山。

坐见：空过了。

楚语吴歌：黄州一带语言。黄州古代属楚国。

底事：何事。

秋风洛水：西晋时张翰在洛阳为官，体感触目秋风乍起，不禁想起了故里吴郡的菰菜、莼羹、鲈鱼脍等特产，于是放弃官位想要归乡。

柔柯：细枝，指柳条。

江南父老：指作者邻里。

【译文】

归去啊，归去，我的归宿在哪里？我的故乡远在万里之外，遥遥相望，思乡心切难踏归途，尤其是自己在奔波劳碌的日子中安身立命，哪能由得自己来去自如？人生百年已不知不觉间走完半程，剩余的光阴也没有那么多了。回想在黄州的日子，四年两闰都是虚度了。孩子在不知不觉间悄悄长大，有了变化，已经开始学会说楚语，会唱吴歌了。何以依恋如许多？在这里的山中好友都携带着好酒，虽本是为我送别，却又都劝我留下。面对友人的诚挚之情，我还有什么可说！人生到底为什么辗转奔波如穿梭？只有期盼人生路途中有朝一日，能有闲情逸致坐看秋风吹拂水波荡漾。再见了，堂屋前我亲手种下的细杨柳，也请亲朋好友，各位尊长帮我照顾好它，不要折剪它的枝丫和绿叶。再三嘱咐和拜托，天晴时记得替我晾晒渔蓑。

【赏析】

“归去来兮”取自陶渊明《归去来辞》的第一句，其中满含着沉甸甸的思归故乡的愿望与浓情。

当年苏东坡是戴罪之身被发落到黄州羁管的，本应该面临的是囚徒一般难度的日子，没想到他到达黄州之后，却机缘巧合，颇得长官的赏识眷顾，不仅如此，就连这里的居民也对他亲近有加，其中最重要的还是苏轼本身思想洒脱，性情豁达，不拘小节还善于自解苦闷，于是他将苦旅变为乐途，在被流放拘禁的地方找到了无穷的乐趣。寒食时节，他大开海棠之宴；秋日之时，又泛舟赤壁，怀古叹今，就这么风流高雅地度日，一转眼五年的时光匆匆流过。

在《满庭芳·归去来兮》上片的开头三句，苏轼便一字不改地搬用了陶公《归去来辞》的首句，翘首西望，哀声长吟，连原因也与陶公同样，浓浓的乡情，令人瞬间便被感染。其实苏东坡的这三句词句之中，还包含着另外的一层意思。

当年陶公之所以高唱“归去来兮”是因为自己的归隐之志已经得以实现，所以他心生欢喜满意，故而发出此欢畅得意之声，而东坡此时虽然一心想效法陶公，做个避世田园的隐者，奈何量移汝州是无法抗拒的“君命”，此时自身又仍在“待罪”之中，故而不能自由归去，因此唯有自己吟唱着“归去来兮”用以表示自己满心欲归又不得而归的怅恨。

词的下片，苏东坡进一步将自己宦途失意与留恋黄州之意进行了阐述，字里行间那一份达观豪爽的真性情展露无遗。在词作之中，东坡先生不停地向着前来送别的父老乡亲们诉说着自己此番不得不去汝州的原因，并借此感叹人生变化无定，时光来往如梭，表达自己对曲折、无法掌控的命运的深深苦痛与无可奈何。在词作的最后，先生再一次表达了自己对黄州雪堂的留恋以及对邻里父老的深深的谢意。他声声嘱咐邻里莫折断他堂前的那棵细柳，又恳请父老乡亲们别忘了时时为他晒渔蓑，这里头隐藏的含义是非常明显的，他发誓自己有朝一日还要重返故地，再温习一下这段难忘的生活。尽管措辞含蓄，不从明处表达自己对黄州的留恋，但却将炽热的情感洋溢在了字里行间。

第五篇

一折柳枝赠君行，自此天涯共比邻

（赠友送别诗）

1. 国风·邶风·燕燕 先秦

【原文】

燕燕于飞，差池其羽。之子于归，远送于野。瞻望弗及，泣涕如雨。

燕燕于飞，颉之颃之。之子于归，远于将之。瞻望弗及，伫立以泣。

燕燕于飞，下上其音。之子于归，远送于南。瞻望弗及，实劳我心。

仲氏任只，其心塞渊。终温且惠，淑慎其身。先君之思，以勖寡人。

【注释】

燕燕：即燕子。

瞻：往前看；弗：不能。

颉（xié）：上飞。

颃（háng）：下飞。

将：送。

伫：久立等待。

任：信任。

氏：姓氏。

只：语助词。

塞：诚实。

渊：深厚。

终……且……：既……又……；惠：和顺。

淑：善良。

慎：谨慎。

先君：已故的国君。

勖：勉励。

寡人：寡德之人，国君对自己的谦称。

【译文】

天空中飞翔的燕子，自由舒展着翅膀。妹妹今日远嫁，我一路相送来到郊野路旁。看着她的背影越来越远，我忽然泪如雨下。

天空中飞翔的燕子，忽上忽下舒展着身姿。妹妹今日远嫁，我一路相送都不觉路途遥远。看着她的背影越来越远，我终究泪流满面。

天空中飞翔的燕子，声声啼鸣呢喃低昂。妹妹今日远嫁，我一路相送来到最靠近南方的地方。目随着她远去的背影越来越远，实在难以抑制心中的痛。

二妹妹是个诚信稳当的女子，她的思虑切实深长。她性情温淑，总是柔声细语，温和谦逊，为人也细致谨慎，心地善良。至今我的耳边还常常响起她叮嘱我莫忘先王的嘱托，一定要成为百姓的好国君的话语。

【赏析】

《国风·邶风·燕燕》取自《诗经》中的《国风·邶风》，作品作于先秦时代，属于民歌，是我国诗歌历史上关于送别题材的先声。它采用的重章复唱的手法，用循序渐进的方式表达其意，利用快乐的情景与悲伤的感情作为反衬，极为恰当地表达出依依惜别、不舍分离的情感，让人读之深深动容。

《燕燕》全诗分为四个章节，由前三个章节的表达、抒发、渲染突出惜别情境为重点，过渡到最后章节中的深情回忆被送者的人格魅力为终篇，情感递进尺度得当，扣人心弦。抒情委婉而深情的语境，分外传神。

阳春三月，春光明媚，燕子在天空中自由自在地飞翔，它们翩跹起舞，呢喃鸣唱，一派自由欢畅的气氛。但是，就在这种自在欢乐的氛围之中，却包含着一股即将离别的悲伤意蕴。那么这悲伤的人是谁呢？为了什么而悲伤呢？

原来是诗歌中的这对同胞兄妹，此刻妹妹即将远嫁，哥哥千里为她送别的离别之伤。兄妹的父亲已经去世了，如今妹妹又将远嫁，同胞兄妹分离在即，却又难舍难分，依依惜别，兄妹俩“远于将之”“远送于南”，一程又一程地相送，无法割舍的是切不断的骨肉亲情，理不清的是深情厚谊。然而，千里相送总有一别，终究远嫁的妹妹还是得离去，她的背影越走越远，只留下满怀牵挂的兄长仍在久久地徘徊，依依不舍。

到了第四章，则与先前三章有了区别，再不写送别的种种，而是由虚而实，转而解释被送之人的背景。原来诗中的这位妹妹并不是普通的少女，她是个诚信稳当的女子，她的思虑切实深长。她总是特别地温和恭顺，为人谨慎善良，是她哥哥治国安邦的好帮手，即使在即将离别的时刻，她还不忘声声叮嘱、鼓励自己的兄长，不要忘了先王的嘱托，一定要谨思慎行，成为百姓的好国君。

诚信稳当、温和恭顺、为人谨慎善良，这是上古先民对女性美德的极高评价，这是这类评价所开的先河，从此之后，“瞻望弗及”和“伫立以泣”一度成为离别情境里标杆情愫的表达和原型意象，在历朝历代的离别诗作中高频运用。

2. 牡丹 薛涛

【原文】

去春零落暮春时，泪湿红笺怨别离。

常恐便同巫峡散，因何重有武陵期？

传情每向馨香得，不语还应彼此知。

只欲栏边安枕席，夜深闲共说相思。

【注释】

去春：去年春天。

红笺：指薛涛纸。

【译文】

还记得去年暮春，牡丹花儿凋零了，你归期在即，我依依送别，眼泪就滴落在牡丹花瓣上，沾湿了红笺。你可知道那时我是多么担心，一旦离别，就会像那巫山云雨一般，再无相聚之时。你可知道那时我是多么盼望，你我终究能像桃花源的传说那样，再次相逢。牡丹花正在兀自散发着芬芳，虽然彼此之间再没有多说一句话，但是我们的心灵却是相通的。为了能够在夜深人静时，更近距离地与牡丹花互诉思念之意，我从那以后都在花栏边布置了床枕，与牡丹相守。

【赏析】

美人薛涛是唐朝数一数二的才女。她蕙质兰心，腹有诗书，八岁能作诗，且擅长音律。只可惜红颜薄命，在她年纪尚小时，在四川为官的父亲薛勋便去世了，只留下她同母亲相依为命，尝尽人间疾苦。直到后来韦皋任剑南西川节度使，薛涛才终于被召见并入了乐籍，最终成为歌伎，也就是后世人们所称的“校书”。

多才女子的时光从来都是分分秒秒充满浪漫色彩的，史载薛涛居住于成都浣花溪边，终日以文会友，还发明了桃红色的小彩笺，人称“薛涛笺”，以供自己平日写诗所用。

聪慧的女子，如花的容颜，烟视媚行之间必然会令无数人流连向往，薛涛当然也不会例外。当时诸多的文人才子如元稹、白居易、张籍、王建、刘禹锡、杜牧、张祜等人都是她的朋友，不过，诸位才子与她，只能算是泛泛之交而已，真正能令她芳心暗许的，世间唯独元稹一人而已。

元稹对薛涛慕名已久，但直到唐宪宗元和四年的春天，他才有了奉命出使蜀地的机会。这无疑是个希冀已久的机会，怀揣着对薛涛由来已久的倾慕，元稹刚临蜀地便赶往浣花溪边拜访，而薛涛也久闻新乐府诗派元稹之名，于是两人心意相投，对待才学有着同频共振的缘分，倾心而谈后彼此作诗酬答，成为知己。只可惜相聚的时光总是匆匆，天地之间，从来没有永不散去的筵席，一转眼间，三个月的美好时光过去了，薛涛与元稹即将别离。所谓相见时难别亦难，依依惜别之际，薛涛作了这首《牡丹》诗赠予归京的元稹。

面对离别，虽然两人心中有万般的不舍，但是薛涛却没有选择如现代人般“离开爱人我便死”的赤裸裸的表达，而是用了“情重更畍情”的手法，借用人与花之间的感情意会，在反复掂掇和不舍中，营造出一种情意绵绵的意境，使之独具朦胧美的特色。

“去春零落暮春时，泪湿红笺怨别离”，尽管离别就在眼前，但她依然满心希冀，她始终相信无须太久，来年定然能够再相逢。而彼时别后重逢，定是有无限的情思值得倾诉。于是对着眼前盛开的牡丹花，她索性另辟蹊径，从去年与牡丹分别的场景落墨，把所有的期待与深情厚谊都浓缩在日后重逢的特定场景之中，将牡丹花化为情人，一切的情感流露细腻而又自然。

“常恐便同巫峡散，因何重有武陵期”这两句诗中“巫峡散”出自宋玉《高唐赋》中楚襄王和巫山神女梦中幽会的故事，用以承袭上文中因别离而生出的悲伤与哀怨，渲染了人与牡丹花之间梦幻迷离的神秘色彩。“武陵期”则是把陶渊明《桃花源记》中武陵渔人发现桃花源仙境和传说中刘晨、阮肇遇仙女的故事捏在一起，为的是给人花相逢罩上神仙奇遇的面纱，带来了惊喜若狂的兴奋。薛涛巧妙地运用了两个典故，使原本平铺直叙的情境变得曲折尽致，更恰如其分地表达了自己内心那种既担心离别会像巫山云雨那样一散而不复聚的焦灼，又希望来年能够再度相逢的期待与喜悦。

在“传情每向馨香得，不语还应彼此知”这两句诗中运用的“馨香”和“不语”两词，是在委婉描述牡丹花的标志性特征。而“传情”“彼此知”则用以关照前文，花以馨香传情，人以信义见著，人花相通，人花同感。如此安排显而不露，含而不涩，恰到好处，再结合最末二句“只欲栏边安枕席，夜深闲共说相思”将所有的诗情推向高潮。

这首诗作表面上吟诵的是牡丹花，其实却是薛涛用以抒发、排解自己内心寥落寂寞的心绪的遣怀之作。在别人眼里，牡丹花富贵于世，花貌花语不仅是达官显贵常常咏叹的对象，也是文人骚客吟诗唱和的金牌主角，它的贵气蔓延到枝叶，使人顿感身处灯红酒绿、风花雪月之中。不过牡丹本身是否真的悦在其间，享受富贵呢？这是别人永远都没有办法感同身受的。因为薛涛深深地明白，表面的那些山盟海誓说得比蜜还甜、贵比真金，但在现实面前，却统统只是没有结局的故事、不可能成真的谎言罢了。谁人能够发自真心地想给她幸福、给她名分呢？没有，包括元稹。再美的誓言，再长的约定，说到底都不过是“曾经沧海难为水，除却巫山不是云。取次花丛懒回顾，半缘修道半缘君”，一边倾诉相思的愁肠百结，一边又不堪寂寞而另识新欢罢了。

薛涛借着牡丹来给自己一个安慰，仿佛这个世上，知她者，仅有牡丹罢了。如此一抹哀怨无奈、真挚感人的情感流露，令人读过，为之动容。

3. 别舍弟宗一 柳宗元

【原文】

零落残魂倍黯然，双垂别泪越江边。
一身去国六千里，万死投荒十二年。
桂岭瘴来云似墨，洞庭春尽水如天。
欲知此后相思梦，长在荆门郢树烟。

【注释】

宗一：柳宗元从弟，生平事迹不详。

黯然：形容别时心绪暗淡伤感。

双：指宗元和宗一。

去国：离开国都长安。

投荒：贬逐到偏僻边远的地区。

桂岭：柳州在桂岭南。这里泛指柳州附近的山岭。

瘴：这里指分别时柳州的景色。

荆、郢：古楚都，今湖北江陵西北。

【译文】

人世间生离死别这些事情，总是带着孤孤单单的感觉，让人倍觉伤神。越江河畔，我们兄弟依依惜别，难舍难分的泪水止不住地流下。只因为京都有奸党弄权，才使得你我今日不得已远走别离。回首投荒百越的十二年，从青春年少到如今年华渐老面容憔悴，年华匆匆。环看柳州四处山林密集瘴气浓重，乌云低垂，百病流行，真比不上洞庭湖畔春光美好，山清水秀。今日一别，何时再聚遥遥无期，唯有赖这南柯一梦再重逢了。我只愿日日沉溺枕席不清醒，梦魂依稀重回荆门。

【赏析】

柳宗元的一生并不平顺，充满着波折与坎坷。这首《别舍弟宗一》作于元和十一年（816年）春夏之交。据史料记载，此十年期间，柳宗元历尽艰辛和磨难，惊魂零落，亲人离散。两位从弟分别在经年的磨难中一死一别，每每思量起来，所有这些都让他感到悲伤。

诗作的首联写柳宗元与兄弟在越江边上依依惜别的情形。在柳宗元的二弟宗直暴病身亡之后，大弟宗一又要北上，前往湘鄂之地安家，原本相亲相爱的三兄弟沦落至今时今日此番境地，令柳宗元深受打击，因为人在极度艰苦恶劣的环境中生活的时候，最需要亲情友情来作为支撑，然而自从遭受贬谪以来，柳宗元的亲人一个一个地离开，他的人生本来就寂寞孤苦，而此时宗一又要离开北去，他更觉得孑然一人，孤苦无依。

第三联中，柳宗元借着对柳州地区山林的环境以及恶劣气候的描写，来形容自己目前处境的险恶。又借以对洞庭湖的美好遥想，预示、祝愿宗一此行能有一个美好的前程。一抑一扬的行文之中，将诸多的愁绪隐藏在其间，十分巧妙地为尾联自己所想要表达的情意埋下伏笔。所谓伏笔，便是说由于桂岭与洞庭的所在一南一北，中有山川隔阻，日后兄弟之间，恐怕再也难有见面的机会了，所以，他愿将所有的情意寄托在相思的梦境之中，只愿亲人能够得以时时于梦中相见。整首诗情意浓厚，朴实真切，情感真实，感人肺腑。

4．送梓州李使君 王维

【原文】

万壑树参天，千山响杜鹃。

山中一夜雨，树杪百重泉。

汉女输橦布，巴人讼芋田。

文翁翻教授，不敢倚先贤。

【注释】

梓州：《唐诗正音》作“东川”。

壑：山谷。

一夜雨：一作“一半雨”。

树杪（miǎo）：树梢。

汉女：汉水的妇女。

巴：古国名，故都在今重庆。

翻：幡然改变，通“反”。

先贤：已经去世的有才德的人。这里指汉景帝时蜀郡守。

【译文】

万年的参天古树高耸入云天，千山的深处有杜鹃鸟委婉清脆的啼叫。山中春雨下了一夜依旧未停，无数条泉水就在树丛之间轻轻流淌。汉女辛劳织布换钱以供纳税，巴人地少，常有诉讼来争取更多的田地。等到了那里以后，希望你见贤思齐，从前人的政治佳绩中领悟格局和大情怀，造福于地方。

【赏析】

作为一首送别诗，《送梓州李使君》全篇所写的，皆是关于巴蜀的山水、风情和民事的描绘，诗作的艺术构思是非常新颖奇特的，凡是送别诗中该有的关于送别的时间、地点、因由等要素，在这首诗作之中一概都未曾提及，但是当你用心去品读完诗作之后再行回味，你又能够发现，这首诗作紧紧围绕着李使君即将赴任梓州这一条线索逐步展开，层层深入，字里行间融入的是诗人对好友李使君的一份羡慕、期望以及临行前对他的殷殷寄托。作品结构缜密，耐人寻味，全诗主题布置鲜明，易于领会。

诗作的前两联通过对巴蜀地区秀丽的山川景色的描写，流露出诗人王维对梓州的热烈向往以及他对好友李使君得以前往赴任的无限羡慕之情。第三联则是依据对地方民生疾苦的熟识于心精准地传递出蜀地的物产并不富饶，并以地处偏远，经济落后而有待改善，人民穷困而且缺乏教化的客观事实，作为对李使君的一种含蓄的提醒。从王维的角度看来，治蜀并非易事，而是一项任重而道远的事业。所以，他勉励李使君要参照汉代蜀郡太守文翁，见贤思齐，扎根梓州后整治旧习，重施教化，澄清吏治，将个人志向与地方政治相结合，融志于治，大展宏图。

这一首意在送别的作品，不写离愁别绪，不作客套庸俗的倾诉，而是从国家大事、民生疾苦以及对友人前途的关心与建议入手创作，显得格调高雅，与众不同，在唐代诸多的送别诗中堪称一绝，令人读之，顿觉眼前一亮。

5. 兰陵王·柳 周邦彦

【原文】

柳阴直，烟里丝丝弄碧。隋堤上、曾见几番，拂水飘绵送行色。登临望故国，谁识京华倦客？长亭路，年去岁来，应折柔条过千尺。

闲寻旧踪迹，又酒趁哀弦，灯照离席。梨花榆火催寒食。愁一箭风快，半篙波暖，回头迢递便数驿，望人在天北。

凄恻，恨堆积！渐别浦萦回，津堠岑寂，斜阳冉冉春无极。念月榭携手，露桥闻笛。沉思前事，似梦里，泪暗滴。

【注释】

兰陵王：词牌名，初见于周邦彦词。

柳阴直：长堤上的柳树，因为排列整齐的缘故，它们的阴影看似连接成了直线。

烟：薄雾。

弄：飘拂。

隋堤：汴京附近汴河的河堤，修建于隋炀帝时期，是北宋来往京城的必经之路。

故国：指故乡。

京华倦客：作者的自谓。

“应折”句：古人有折柳送别之习。

柔条：柳枝。过千尺：极言折柳之多。

又：又逢。

酒趁哀弦：饮酒时奏着离别的乐曲。

趁：逐，追随。

哀弦：哀怨的乐声。

离席：饯别的宴会。

一箭风快：指正当顺风，船驶如箭。

迢递：遥远。

驿：驿站。

望人：送行人。

凄恻：悲伤。

渐：正当。

别浦：送行的水边。

萦回：水波回旋。

恨：这里是遗憾的意思。

津：渡口。

堠：哨所。

岑寂：冷清寂寞。

冉冉：慢慢移动的样子。

春无极：春色一望无际。

念：想到。

月榭：月光下的亭榭。

露桥：布满露珠的桥梁。

【译文】

正午时分，河堤上柳树的阴影直直地落下，在层层雾霭的包围中，一条条的柳枝随风摆动。就在这古老的隋堤之上，曾经有过多少次在漫天的柳絮飞舞之中与人相送的情景啊。每次一登上高台瞭望故乡，都觉得杭州如此遥远，隔着山，隔着水，一重又一重。长期旅居在京城之地，早已令我心生厌倦了，谁懂得我心中那一份隐隐的伤痛呢？就在这十里长堤的路上，我曾经无数次地折下柳枝，又年复一年地无数次把它们送与别人。

本来打算趁着闲暇到郊外走一走，寻找旧日的踪迹。但不料却再次在此处逢上了为友人饯行的筵席。在华灯照耀之下，在哀怨悠长的音乐陪衬下，我举起了酒杯，作别。驿站旁的梨花满树开放，寒食节就将来临，人们又将再次钻取榆柳取用薪火。

我站在岸边，满怀愁绪的客船如箭一般离岸而去，艄公将竹篙插进涌动的水波中，频频朝前撑动。等到船上的旅人回头相看时，岸边的驿站早已被远远地抛在后面，从此离开了令人烦忧的京城。当他想要再看一眼远方的我时，才发现眼前已经是一片朦胧。徒留我孤零零一个人，将心中重重的愁与恨堆积。

送别的河岸蜿蜒曲折，一道道迂回，宁静的氛围笼罩着渡口的驿站，春色一天天地变浓了，斜阳挂在半空。我不禁再一次遥想，回忆着曾经那次的携手，我们在水榭游玩，月光融融，我们立于桥头，看露珠盈盈，听悠悠笛声直到曲终，唉，往事如烟，恍然如梦，再次忆起，不禁潸然泪落。

【赏析】

那日渡口，杨柳树边，我曾与你作别，飘拂的柳枝，牵扯着我的衣袂，依依不舍的是昨日的欢颜与昔时的私语，当我想要再次回眸，方知一切早已难再寻觅。

古时交通不似今日这般便利，一旦离别，便有可能是一世难再重逢的。因而古人最恨伤离别，就怕今朝别离为青丝，某日再遇已白首。

然而人生在世，离别总是在所难免的事情，于是在我国的古代，尤其是在文人墨士中，流传着一种很流行的民间习俗——“折柳”。但凡遇见要与亲朋好友别离，送别的人总要折一枝柳条相赠。“折柳送行”是民间离别时常用的聊表惜别之情的习俗，其最早出自我国第一部诗歌总集《诗经》里的《小雅·采薇》：“昔我往矣，杨柳依依；今我来思，雨雪霏霏。”

古人送别之所以要“折柳送行”是因为柳树在古时又被称小杨或杨柳，因“柳”与“留”谐音，可以表示挽留之意。所以，被作为纪念品的柳枝象征着不忍作别，难分难舍以及依依不舍的心意。例如，北朝乐府的《鼓角横吹曲》中就有一首叫作《折杨柳枝》的曲子，歌中说道：“上马不捉鞭，反折杨柳枝。蹀座吹长笛，愁杀行客儿。”白乐天的《青门柳》中则说：“为近都门多送别，长条折尽减春风。”而一代才女鱼玄机也曾经在一首名为《折杨柳》的诗作中吟道：“朝朝送别泣花钿，折尽春风杨柳烟。”

对于那一枝被折下来的柳枝，人们赋予它的是无尽的希冀与祝愿。祝愿远在他乡的好友自此幸福美满，在新的处境之中能够尽快地落地生根，就如随处易活的柳树一般。周邦彦在《兰陵王》这首词作中所赋予的祝福与希冀也是如此，词作一开始他便一一细写柳阴、柳丝、柳絮、柳条，将满腔的离愁别绪都借着柳树作了一番渲染，通篇词作情感萦回曲折，境浅却意深，欲言又止、言之不尽的心事流淌在字里行间。无论景语、情语，都很耐人寻味。

6. 卜算子·送鲍浩然之浙东 王观

【原文】

水是眼波横，山是眉峰聚。欲问行人去那边，眉眼盈盈处。才始送春归，又送君归去。若到江南赶上春，千万和春住。

【注释】

卜算子：词牌名。北宋时盛行此曲。

鲍浩然：无过多史料记载，其生平不详，词人之友，家住浙江东路，简称浙东。

眼波：比喻目光似流动的水波。

山是眉峰聚：山如美人蹙起的眉毛。

欲：想，想要。

行人：指词人的朋友（鲍浩然）。

盈盈：美好的样子。

才始：方才。

【译文】

水清澈柔美得像极了美人灵动的眼眸，山的柔美线条如美人蹙起的眉毛。想知道鲍浩然是要离开去哪，到山水交汇的地方。春天刚刚过去，我便要为你送行，心中万分不舍。不过也罢，若是你此行前往江南赶上了春天，千万不要忘了把春天的美景留存下来。

【赏析】

非常喜欢这首送别词起拍的“水是”“山是”两句，其间那丰富的含义，总是能够给人带来无尽的遐想。

在词人王观的眼中，明澈的水流仿佛美人的眼波流转；青黛的山峦就好似美人的眉峰轻颦，用这样一种拟人的方法来比喻浙东山水的美，却是别开生面，与众不同。我们同时也可以将之理解为这是王观对他的好友鲍浩然心事的一种设想：碧波荡漾的清澈流水是好友心头姑娘的灵动眼眸，此时正含情脉脉地看着他；青黛的山峦是好友心头姑娘的双眉，不描自黑。两地分隔的爱人因为思念彼此，愁绪让眉头紧蹙起。因为有了这样的设想，所以王观感觉好友这一次的浙东之行是甚为心切的。在这样的一种设想下，上片结尾的一句“眉眼盈盈处”也可以由之而生出两个层次的理解，一层是王观的好友鲍浩然要去的浙东，山水秀美，犹如佳人“眉眼盈盈”之处。另一层则是王观的好友鲍浩然要去与他那位“眉眼盈盈”的心上人相会了。

下片抒发的是词人王观的一番情怀。“才始送春归”一句说明他本就已经因为春天刚刚逝去，而满怀着伤春的愁绪，而现在还要再增添一份新的伤感，便是“又送君归去”，春天走了，好友也要与自己告别了，对于心思敏感而细腻的词人来说，实在是颇感无奈忧伤的。但是，尽管如此，他还是给予了好友最真挚的祝福，他希望鲍浩然能一直生活在“春天的明媚里”。这里的“春”字，同样也有两层的理解，一层可以是指繁花似锦的春天季节，也可以理解为祝福鲍浩然与所爱之人永远幸福快乐地生活在一起的意思。

读着这样一首构思新巧，词语明丽，表现力极强的词作，实在是别有一番清新脱俗的美好感受。

7. 临江仙·饮散离亭西去 徐昌图

【原文】

饮散离亭西去，浮生长恨飘蓬。回头烟柳渐重重。淡云孤雁远，寒日暮天红。

今夜画船何处？潮平淮月朦胧。酒醒人静奈愁浓。残灯孤枕梦，轻浪五更风。

【注释】

饮散：饮完酒后离散。

离亭：送别的驿亭。

飘蓬：飘浮无定之意。

重重：一层又一层，形容很多。

画船：装饰华丽的船。多指游船。

朦胧：模糊不清。

奈：怎奈，奈何。

孤枕梦：这里指孤枕难眠。

五更风：指黎明前的寒风。

【译文】

喝完这一杯饯别的酒，友人们就此挥手别去，各奔天涯，这样漂泊不定的人生令人恼恨。我站在岸边，回首看着身后如烟似雾的杨柳层层叠叠地遮断了视线，再往前望去，只见天空之中风轻云淡，一行孤雁正在夕阳酡红的烟霞中飞向远方。

不知航船又停留在什么地方了呢？此时已是夜深人静，潮平水落，泊船岸边与一片清月孤独相伴，蜡烛燃尽，酒消人醒，难以入眠，愁绪满怀又将如何排解，好不容易迷迷糊糊地睡着了，又被轻拍船板的浪花惊醒，今夜终将无眠。

【赏析】

送别的驿亭，我饮下这杯饯行酒，然后挥一挥衣袖，自此天涯茫茫，四海漂泊。但凡关于旅愁的小令，饯行酒以及浪迹天涯的离愁别恨总是最为常见的。《临江仙·饮散离亭西去》这首作品的情感和艺术特点也在其中。

词作的上片描写亲友为徐昌图悉心准备了饯行酒，他端起酒碗一饮而尽，知道马上就是与这些亲友分别的时刻，他心中不禁感慨万分，恨自己无能，一生只能像飞蓬那样四处飘摇，居无定所，要不断尝尽这离别苦。

韵味深远，最为传神传世的，是“浮生”一词，原出自《庄子·刻意》“其生若浮，其死若休”中。庄子认为人本身就区别于植物，是活生生的“灵”，所以生在世上注定不能一逸永安，不移不动，所以居无定所是人生无奈的常态，后世认同并意会人生为“浮生”。徐昌图借“浮生”一词来感慨自己的身世，一朝踏上旅途，遥遥水路，漠漠苍天，从此便开始了“飘蓬”一般的生活。思量至此，他顿觉心中甚为凄凉，对羁旅之恨油然而生。对于徐昌图来说，如此的漂泊并非是第一次了，如此一种离别、重逢、相聚、离别的轮回，每重演一次，都会让他感叹不已，每轮回一次，便会让他生出“生而为人，漂浮不休”的厌倦感。

徐昌图生活在唐宋之交的动乱时代，“离乱”是那个时代的代名词，这首词作，便是那个时代最为恰当的反映。徐昌图在离别之际，面对就要踏上西去的离别船只，心中无限伤感，难以割舍眼前熟悉的人情草木，所以并不能潇洒离去，一步三回头，遂是“回头烟柳渐重重”。离别的船只渐行渐远，远到已经看不清岸上送行的友人，就连那一棵棵高大的杨柳树，也如同被烟雾笼罩一般，此时也只能看得到隐约轮廓，此情此景更是离别的伤感泛滥，不能自已。

紧接着词人又写自己转头看到的情景，“淡云孤雁远，寒日暮天红”。一望无际的天空中稀疏地飘着几缕淡淡的白云，时不时地听闻在遥远的天边回荡着一两声雁鸣，暮色时分的落日余晖正浓，映得满天通红。此时此景，让他联想起自己的际遇，就如同眼前的浮云一般漂泊无依，同孤雁一样形单影只，每当遇见寒日西沉，晚霞满天之时，便是他思乡情浓的时刻。徐昌图此刻对自己心情的诸多描述，也是对所有漂泊无根的游子的心情的概括。这两句由于有特定心态的晕染，如同一组独特的画面，虚实交汇，极富表现力与感染力。

词作的下片由景入情，写的是自己在漂泊的孤旅中被寂寞侵袭的情景。尤其是夜深人静的时候，这种加倍的孤独感更使人感到寒意徐徐。诗人在船舱里探出头看看这寂寥的夜色，只见这艘小船漂荡在碧波万顷的淮水间，显得更加迷蒙渺小，夜色里的淮水映着一轮孤月，在波光粼粼中显得朦胧凄清。他眼前的环境和夜晚的氛围让他越来越感觉到孤独和寂寞，无奈只能借酒消愁了。然而，醉酒能求得的，仅仅只是一时的解脱而已，一旦宿醉，回到现实中后，愁情不见得可以免去，因为心中的忧愁，又岂是三杯两盏的薄酒就能够消除的？

俞陛云在《唐五代两宋词选释》中曾经这样评价徐昌图的《临江仙》："状水窗风景宛然，千载后犹想见客中情味也。"之所以这么说，是因为他能够巧妙地将自己的情感与周遭的景致相融合，使之浑然一体，明明表达的是离愁别绪，却偏偏不作直接的抒写，而是借助外在的景物去表达自己的内心，处处细致地将自己内心世界凝聚在字里行间，感人至深。

8. 上行杯·离棹逡巡欲动　孙光宪

【原文】

离棹逡巡欲动，临极浦，故人相送，去住心情知不共。

金船满捧，绮罗愁，丝管咽。回别，帆影灭，江浪如雪。

【注释】

离棹：将离别的船。

逡巡：迟疑未决，未进也不退的样子。

去住：离去与留下。

金船：酒杯，又称“金斗”。

绮罗：此指侍女、歌女。

回别：挥手告别，依依不舍貌。回：一作“迴”。

【译文】

客船就要开动了，亲朋故友纷纷赶来岸边相送。尽管行客与送行人的心情不尽相同，但是我们依旧举起斟满美酒的酒杯，一饮而尽，以此来表达彼此依依惜别的情怀。两岸边的歌女正在唱着十分应景儿的离别之曲，飘荡出淡淡的忧伤，就连伴奏的管弦也流露出如鲠在喉的离愁。小船缓缓驶远，当我向着远处再次挥手告别的时候，只见一弯明月已经高高挂在天空，如雪的浪花正在浩渺的江中翻涌。

【赏析】

孙光宪这首词作，写的是与故人辞别的情景，纯用白描的方法，把去者和住者依依惜别的真挚感情，做了一番细腻的刻画。

词的上片重点写实，表达自己与故人相送的情景和心情，情绪的起点始于水岸边，启程在即，忽见故人匆匆赶来相送，无穷的离愁掺杂着无尽的祝福，依依不舍之间难舍难离。此时此刻去者的心中存留着“此地一为别，孤蓬万里征”的念头；而在住者的内心中却萌生了“春草明年绿，王孙归不归”的疑问。此间的韵味与含义，常常引人深思。

词作的下片前三句讲的是宴别时的情景，将故人如何相送作了一番具体的描绘。而最后三句，写的则是词人独伫凝望的情境，是依依惜别、依依不舍的内心情感的细致刻画。

老相识、旧友人盛情邀约作者赴宴惜别会，情义酣浓时举起酒杯，向马上要离别的朋友敬赠美好的祝福。可是就在这声声祝愿之中，词人感受到的，却是一种“今日一别何日再聚”的神伤。“回别，帆影灭，江浪如雪”，并不复杂的词句中，借远景意会近愁，在结构和情绪上都是对全词的总结，一句一韵，一韵一顿，朗朗上口，易于传诵。在故人离去的地方，友人迟迟伫立，眺望的姿势还清晰可见，不舍地目送着故人扬帆离去，直到帆影消失在浩渺的烟波江面，那恋恋不舍的友人离开的哀伤神情，令人为之动容。

有学者认为：“孟文之沉郁处，可与后主并美。”又说：“俊逸语，亦孟文独有。”这首词的上片清逸，下片却沉郁，堪称惜别作品中的佼佼者，在众多送别诗词中脱颖而出。

9. 喜迁莺·花不尽 晏殊

【原文】

花不尽，柳无穷。应与我情同。觥船一棹百分空。何处不相逢。

朱弦悄。知音少。天若有情应老。劝君看取利名场。今古梦茫茫。

【注释】

喜迁莺：词牌名，双调，此词中分有小令和长调两体。本篇属小令。

觥（gōng）船：大酒杯。

一棹：划桨一次，指用大杯饮酒一次。

【译文】

花落花开，柳绿柳衰，循环交替无穷无尽时，这与我此时的情景大为相近。离别的美酒饱含着深深的情谊，依依不舍的期盼将随着画船起航而悉数成空。面对离别不必过于伤感，人生在世，难说他日转角相逢。自此一别之后知音少，瑶琴朱弦难再奏响。苍天如果同我一样悲戚，它的两鬓也会为之泛白。劝君自此离别之后多多保重，功名利禄这种身外之物皆可随缘，这种疲劳的追逐自古至今都是空梦一场，一定要珍重。

【赏析】

这是一首极为难得的赠别词，一般的离别情绪多是凄楚而哀伤的，但是晏殊的这一首赠别词，写得深挚却不凄楚，有温柔蕴藉之美。

花、柳本是常见之物，它们遍布天涯海角，其数无尽，其广无边；然而无论花还是柳又与人有何分别？都是有生命的物种，它们一生也要经历萌芽、生长、风雨中接受洗礼、迎来繁茂、接受衰谢的过程，而这些好比人生的缩影，同人的生死、盛衰极为相似。词作的起笔之处借花柳以衬离情，婉转地表达了离别的深深痛苦。

词作的下片自“朱弦悄，知音少，天若有情应老”开始，笔锋陡转，正面拉开词作的伤离别之意。高山流水，因有知音而美，朱弦声悄，则是因为挚友的远去，令人读之，不知不觉间一种空虚寥落的感触油然而生。

词人晏殊的一生显达富贵，长期生活在社会的上层，但那个时候朝廷内派别混乱，政治斗争常年不息，置身其中，名利场的尔虞我诈，宦海浮沉，人心险恶都令他感到深深的厌倦。这一首词作，正是他对自己内心的一次透彻剖析，行文明快、自然，读来如行云流水，与他的其他词作风格迥异，极为特别。

10. 于中好·握手西风泪不干 纳兰性德

【原文】

握手西风泪不干，年来多在别离间。遥知独听灯前雨，转忆同看雪后山。

凭寄语，劝加餐。桂花时节约重还。分明小像沉香缕，一片伤心欲画难。

【注释】

于中好：词牌名，也是曲牌名。

凭：凭借。

约重还：约定重阳节的时候回来。

沉香：中药名。

【译文】

秋风瑟瑟中，我与顾贞观依依惜别，他即将南归，我的心中自是恋恋不舍。这一年以来，我与他多次分别，每每想起，总令人泪流满面。遥想你身在家乡，可能夜里独坐灯前，孑孑影只地听着淅淅沥沥的夜雨拍打门窗，本身就寒意阵阵，恰恰又无人陪伴，就更加清冷寂寞，思绪一旦触及此，我就感觉到十分悲伤。但愿你能常常想起你我曾经同在雪后观山景的快乐时光，这也许可以稍解你别后独处的寂寞与孤独。

千万不要忘了我的殷勤嘱托，我不在你身边的时候，你要记得按时吃饭，不能饿坏了自己的身体。咱们约定，待到明年桂花开放的时候，你一定要记得回到我的身边。你不在的时候，我会一直看着你的画像的，可惜的是，你的音容眉目在沉香的缕缕轻烟中清晰可见，但是却终究描画不出你内心的诸多悲伤。

【赏析】

康熙二十年（1681年）秋天，容若的好友顾贞观本来身处京城，但是却因为母亲的不幸离世而准备南归，回到家乡无锡为母亲料理身后事。容若舍不得好友离开，但发生这样的事情，自然是容留不得的。这些变故，让容若想起自己和顾贞观虽然心心相印，却常常因为各种变故而聚少离多，此番又将长别，自觉难舍难离，于是便为好友写下了这首词聊作相赠。

容若写在词开头的，是好友间正依依惜别的景象，这段描写奠定了全词的感情基调。“握手”寓意嘱托珍重，在“西风”中自有苍凉之感，且“泪不干”一词道尽伤离别，篇中有诸如此类带有极强萧瑟意境的词汇，含蓄与直白并进，表现了极强的感染力，引领读者情回那年那月那时那景。每个人的一生中，都可能经历离别，假若是偶尔的分别尚可接受，但是因为与知心之人的“年来多在别离间”的长久分离，则很容易在心中造成满满的怨恨与哀伤，作者容若此刻便是如此心境。可是，容若明白，此时的怨恨都是无济于事的，于是，他又借着“遥知独听灯前雨，转忆同看雪后山”两句描绘出了风格、情感、情调迥然不同的情境，以强烈的表达力诉说自己的所想所感。一番情境是在离别之后，风雨之夜，冷雨凄凄，好友挑灯独坐夜不能寐；另一幅则是回忆两人曾经在雪后初晴时携手同游，兴味盎然地共赏一山银装素裹的情景。这是因为在容若看来，友人的孤独同样也是他的孤独，因为彼此相知，所以知道当他在想着友人时，友人也一定在想着自己。正因为有着对友情的一片诚挚，所以即便在分离在即的时候，他都不忘在万分伤感之中，反反复复地叮嘱友人多吃些饭，千万不能饿坏了身子。

常常就是一句未经雕琢的最朴素的话，却能够起到感人至深的效果，让人在平淡之中感受到浓浓的温暖。

第六篇

滔滔长河怀故史，斑斑笔画记春秋

（咏史怀古诗）

1. 黍离 先秦

【原文】

彼黍离离，彼稷之苗。行迈靡靡，中心摇摇。知我者，谓我心忧；不知我者，谓我何求。悠悠苍天，此何人哉？

彼黍离离，彼稷之穗。行迈靡靡，中心如醉。知我者，谓我心忧；不知我者，谓我何求。悠悠苍天，此何人哉？

彼黍离离，彼稷之实。行迈靡靡，中心如噎。知我者，谓我心忧；不知我者，谓我何求。悠悠苍天，此何人哉？

【注释】

黍：是北方的一种农作物，形状和小米极为相似。

稷：指古代一种粮食作物，具体指粟或黍属。

行迈：行走。

靡：行步迟缓貌。

中心：心中。

摇摇：心神不定的样子。

悠悠：遥远的样子。

噎：堵塞。指食物卡在食道，比喻忧愁所致的郁结不畅，气息逆流，难以呼吸。

【译文】

看那黍子一行行，高粱苗儿也在长。旧地重游的脚步如此缓慢，心中充满忧伤。懂得我的人，说我是心中忧愁；不懂我的人，问我把什么寻求。高高在上的苍天啊，到底是何人令我离家而走？

看那黍子一行行，高粱穗儿也在长。旧地重游的脚步如此缓慢，如同喝醉酒一样。懂得我的人，说我是心中忧愁；不懂我的人，问我把什么寻求。高高在上的苍天啊，到底是何人令我离家而走？

看那黍子一行行，高粱穗儿红彤彤。旧地重游的脚步如此缓慢，心中如噎疼痛不已。懂得我的人，说我是心中忧愁；不懂我的人，问我把什么寻求。高高在上的苍天啊，到底是何人令我离家而走？

【赏析】

《黍离》这首诗作结构清晰，共分三章，每章十句。三章之间的结构相同，所取材的是同一物象在不同时间段所表现出来的不同形态，借以表现时间流逝、情景转换、心绪压抑三个方面的推进发展，采用迂回反复的表现形式，表现了主人公极为犹豫的心理状态。

诗歌首章描写诗人在差旅之中过访宗周的时候，所触目的故宗庙宫室的情景。面对着眼前的一片葱绿，再不见当年的繁盛以及奢华，就连刚刚经历的战火也印痕难觅了，只有一片在生长的绿油油的黍以及那萋萋的稷苗。

妙在第二章和第三章的场景依然未曾改变，但是此时的成果已有变化，“稷苗”已经长成了“稷穗”和“稷实”。这样的成长过程是有一定的象征意义的，因为伴随着稷黍的成长过程的，是诗人从“中心摇摇”到“如醉”“如噎”的层层深化。并且每一个章节段落后半部分的感叹虽然在表达的形式上完全一致，但是却在一章章的反复中加深了沉郁的气息，让读诗的人们明白，这不仅仅是一段歌唱，更是悉古洞今、痛定思痛之后的长歌当哭。

2. 咏荆轲　陶渊明

【原文】

燕丹善养士，志在报强嬴。
招集百夫良，岁暮得荆卿。
君子死知己，提剑出燕京。
素骥鸣广陌，慷慨送我行。
雄发指危冠，猛气冲长缨。
饮饯易水上，四座列群英。
渐离击悲筑，宋意唱高声。
萧萧哀风逝，淡淡寒波生。
商音更流涕，羽奏壮士惊。
心知去不归，且有后世名。
登车何时顾，飞盖入秦庭。
凌厉越万里，逶迤过千城。

图穷事自至，豪主正怔营。

惜哉剑术疏，奇功遂不成。

其人虽已没，千载有馀情。

【注释】

强嬴：秦国。

荆卿：指荆轲。

渐离：指高渐离，战国时燕国人，荆轲的好友。

宋意：燕国的勇士。

商音、羽奏：商声和羽声。

【译文】

燕国的太子历来喜欢收养门客，他的目的是有朝一日终能向秦国报仇雪恨。于是，他到处募集身怀绝技、有胆有识的勇士，终于在这一年的年底遇见了荆轲。极重义气的荆轲得知太子丹的故事，义愤填膺，愿意为了知己而死，于是就仗剑辞别，前往咸阳，意欲刺杀秦王。

他骑着白色骏马慷慨地走在大路上，远方辽阔无际，胯下骏马嘶鸣，众人热血沸腾、慷慨激昂地为勇士致礼送行，看着一个个战士同仇敌忾、怒发冲冠的样子，勇猛之气仿佛就要冲断帽缨，自九霄而去。

人们在易水边，极其隆重地大摆宴席，宴席自带肃穆氛围，因为这是一场充满未知的离别宴，入席的座上客人人都是豪杰，个个堪比精英。荆轲的好友高渐离击筑助威，筑声慷慨悲壮，宋意为之高歌，嘹亮歌声响彻天际。

此时席间蓦地吹过阵阵萧萧冷风，自带淡淡哀意不绝，水面也应风荡起了轻轻的涟漪。唱到哀愁之处，听者无不为之而流泪，忧伤的曲调，听得荆轲心中戚然。

他早知道这一去便难再返，徒留功名万世留存。但是到了离别一刻，他却仍然义无反顾地登车而去，直奔秦国的宫廷。

这一程千山万里远，跨越无数座城池，当他来到秦王面前，勇猛地抽出匕首的时候，秦王为之感到胆战心惊。

可惜可叹，他的剑术还没有达到炉火纯青的地步，满腔抱负不得如愿，奇功伟绩终是梦中臆想。虽然，荆轲其人早已死去，但是他留下的视死如归的精神却永远地激励着后人。

【赏析】

“荆轲刺秦”是家喻户晓的历史典故，陶渊明的这篇诗作便是以极大的热情，歌咏了荆轲刺秦王的壮举。行文笔墨淋漓，慷慨悲壮，是陶公诗作中另具特色的佳作。

诗歌按照荆轲刺秦的历史事件的经过，描写了荆轲出京、饮饯、登程、搏击等几个场面，着力于人物动作的描写与刻画，塑造出了荆轲大义凛然、视死如归、除暴安良的英雄形象。例如在这句“提剑出燕京”中，“提”字用得绝妙，写出了荆轲仗剑行侠的决绝勇气、生死抛诸脑后的慷慨大义、飒爽英姿中的悲壮与奋勇；在“雄发指危冠，猛气充长缨”一句中，用夸张到豪情满溢的笔触，描写出勇士荆轲一腔热血、义愤填膺、剑指苍穹的神勇姿态。而在“登车何时顾”的四句之中，则是一气呵成地勾勒出荆轲义无反顾、视死如归直赴秦国而去的勇猛气概。

整篇诗作，虽然没有正面描写荆轲刺秦的场面，但是读者仍能从“豪主正怔营”一句，想象荆轲在秦殿之上拔刀行刺时的那一股令风云变色的凛凛雄威。

除此之外，诗作还通过对环境氛围的渲染与刻画，来烘托出荆轲无私无畏的精神面貌，比如那个易水饮饯的典型场景描写。在阵阵萧飒的秋风之中、在波涛汹涌的易水之上，“悲筑”“高声”“哀风”“寒波”相互交融，激越而悲壮的乐声悠然回荡，“壮士一去兮不复还”的英雄主题便被悉数地激发了出来。难怪朱熹曾说：“陶渊明诗，人皆说是平淡，据某看他自豪放，但豪放得来不觉耳。其露出本相者，是《咏荆轲》一篇。”陶公诗作，果然非同凡响。

3. 息夫人 王维

【原文】

莫以今时宠，难忘旧日恩。

看花满眼泪，不共楚王言。

【注释】

息夫人：她原来是春秋时息国君主的妻子。但在公元前680年，息国遭楚王歼灭吞并，楚王贪恋她的美丽将其据为己有。她虽在楚宫里生了两个孩子——熊艰和熊恽，但是终日不肯多说话，也不会向楚王献媚邀宠，甚至一句话都是奢求。楚王问她为什么不说话，她答道：“吾一妇人而事二夫，纵不能死，其又奚言！”

今时宠：一作“今朝宠”。

难忘：怎能忘，哪能忘。

旧日恩：一作“昔日恩”。

满眼泪：一作“满目泪”。

【译文】

得人不得心，终是不得。楚王以为占有了息妫的人，就能获得她的爱和对自己的臣服吗？即便楚王因为喜爱也对息妫宠爱有加，但她做不到因为看到的爱抚假象而忘却亡夫息王，以及旧日两人恩爱的日子。尽管在楚国有良辰美景，锦衣玉食，可这些不能俘虏她对亡夫的思念，不能忘记，不会移情，却不得自由，她只能终日以泪洗面，无论如何也不愿意和楚王多说一句话。

【赏析】

王维之所以写《息夫人》这首咏史诗，其实是有一定的故事背景的。根据唐孟棨《本事诗》记载：“宁王宪（玄宗兄）贵盛，宠妓数十人，皆绝艺上色。宅左有卖饼者妻，纤白明晰，王一见瞩目，厚遗其夫取之，宠惜逾等。环岁，因问之：‘汝复忆饼师否？’默然不对。王召饼师使见之。其妻注视，双泪垂颊，若不胜情。时王座客十余人，皆当时文士，无不凄异。王命赋诗，王右丞维诗先成，云云。王乃归饼师，使终其志。”千万不要小看这短短的四句，概括的却是历史乃至于现实之中发生的事例。

王维的这首五言绝句，巧妙之处就在于他能够恰到好处地以息夫人的历史故事作为比喻，描写了现实之中卖饼人的妻子在富贵与强权当前，仍然不忘旧爱，忠贞不渝，不为宠奢所惑，不为新欢所动的高尚品行。诗作的前两句写的是女子毫不贪恋放在眼前的来自皇孙贵族的宠爱，始终坚贞地不忘自己那位贫贱的卖饼丈夫的事迹。用“莫以”“难忘”等词汇构成的否定的条件句来衬托息夫人与息国君主旧时的恩爱情深，借此显示了世间弱小族群的心灵并不是淫威和富贵便能够轻易征服的。诗作的后两句所描写的，是弱者被束缚着的哀怨，进一步阐述了息夫人虽然身在楚国荣华富贵之中，却对身边的楚王一言不发的事迹，赞美了女子富贵不能淫、威武不能屈的坚贞情操。

只有短短二十个字的诗作，每一句都能够在叙事之中透露出情语，尽管它的表达十分委婉含蓄，但是却又字字铿锵，情理俱到。在咏诵史实的同时讽喻现实，塑造了一个尽管身受屈辱，但却依旧以沉默做着坚强反抗的底层妇女形象，让人读之，深深动容。

4. 谢公亭 李白

【原文】

谢公离别处，风景每生愁。
客散青天月，山空碧水流。
池花春映日，窗竹夜鸣秋。
今古一相接，长歌怀旧游。

【注释】

谢公亭：故址在今安徽宣城城北敬亭山。人们又叫它谢亭，是为纪念曾任宣城太守的谢朓而修建。

【译文】

谢公亭曾是当年谢朓与范云的离别之处，每每我到了这里，看到周遭的风景，便禁不住心生愁怀。如今已不见当年别离的两人，唯有青天与明月依旧，人去山空，只有碧水清流依然徜徉。池畔的繁花，正在春天的朝阳里绽放，窗外的竹林，依然在夜风之中沙沙作响。我便在古人留下的种种气息之中高歌一曲，聊以纪念今日在谢公与范云的故地重游。

【赏析】

谢公亭坐落于今安徽宣城城北的敬亭山，人们又称之为谢亭，修建的本意是为了纪念曾任宣城太守的谢朓。天宝十二年（753年），诗仙李白游宣城时，曾经在此处写过一首五言律诗，与之同名，叫作《谢公亭》。

全诗所表现的是诗仙李白对人间所有真挚友情的向往与怀念，同时展露的，还有他那一份美好的精神追求以及高尚的志趣与情怀。

诗作的首联写谢朓、范云当年离别故地，一切景致依然如旧，当再次身临其境的时候，竟然让人生出丝丝的怀念来。颔联则用概括性的笔触，写出了谢公千古之后谢公亭边的风景变化，青天、明月、空山、碧水依旧，唯有故人不在的寂寞境界。颈联所描绘的是谢公亭春秋两季的景物变化，沧海桑田变换，唯有曾经的故事令人念念不忘。正因为有了前面的种种怀念，所以到了尾联的时候，诗仙似乎在缅怀中又再一次穿越了时空，看到了古人的风貌。

李白是非常善于把自己的惆怅情绪融汇到自己的作品中去的，这便使得那些被赋予情感的文字极富感染力，给人一种读之便被感染、读之便难忘却的印象。

5. 明妃曲二首 王安石

【原文】

明妃初出汉宫时，泪湿春风鬓角垂。
低徊顾影无颜色，尚得君王不自持。
归来却怪丹青手，入眼平生几曾有；
意态由来画不成，当时枉杀毛延寿。
一去心知更不归，可怜着尽汉宫衣；
寄声欲问塞南事，只有年年鸿雁飞。
家人万里传消息，好在毡城莫相忆；
君不见咫尺长门闭阿娇，人生失意无南北。

明妃初嫁与胡儿，毡车百两皆胡姬。
含情欲语独无处，传与琵琶心自知。
黄金杆拨春风手，弹看飞鸿劝胡酒。

汉宫侍女暗垂泪，沙上行人却回首。

汉恩自浅胡恩深，人生乐在相知心。

可怜青冢已芜没，尚有哀弦留至今。

【注释】

明妃：即王昭君。

春风：比喻面容之美。

低徊：徘徊不前。

不自持：不能控制自己的感情。

归来：回过来。

丹青手：指画师毛延寿。

意态：风神。

塞南：指汉王朝。

毡城：此指匈奴的王宫。

咫尺：极言其近。

两：同“辆”。

杆拨：弹琵琶的工具。

春风手：形容用手就能弹出悦耳动声的曲子。

汉宫侍女：本意为汉宫女，这里指陪昭君一起远嫁。

【译文】

明妃当年即将起程离别汉宫的时候，鬓角低垂，泪水沾湿了她美丽的脸庞。就在她款款回眸的那一瞬间，周围的一切骤然失色，此情此刻，让一旁的汉皇看得目瞪口呆，无法自持。

等到送别归来之后，汉皇很是恼怒，他怪罪画师：当初若不是因为他的一时疏忽，自己怎会白白错失了一位如此美貌的绝色佳人？只怪汉皇不懂风情，也不懂美人风骨，王昭君的魅力怎能是一幅静态画作就能够勾勒出来的呢？害得画师毛延寿被无辜冤杀，白白枉死。

自此拜别故土，王昭君便心知自己此去都不可能再有穿着汉朝宫衣回归故里的一天了。从此之后，对于家乡的所有怀念，只能寄托在年年岁岁北去南归的鸿雁身上了。而每当收到家中亲人从万里之外传来的家书时，都能看到字字句句皆是家人的宽慰："一定要好好地生活在异国他乡，安心地照顾好自己，不要常常惦记着家中亲人。"

此时的明妃与被幽禁在长门宫里的陈阿娇其实是没有什么两样的，当初她嫁到匈奴的时候，身边全是胡人的侍女，话语不通，她就连找个可以说说贴心话的人儿都没有。只能将所有的心事都寄托在声声琵琶声中。她的手优美灵动，弹奏的美妙乐曲令人陶醉，就连天空中飞过的鸿雁也不禁被这动人的琵琶乐曲所迷醉，她不禁一边拨动琴弦一边抬头与这些"小知音"共赏。随嫁的汉宫侍女听到了，纷纷暗自落泪，行走在大漠上的返国使者们听到了，也于心不忍地频频回首。

但说到底，还是明妃与汉皇的缘分太过浅薄啊，她余生终究还是留在异国他乡。到如今，王昭君的青冢已经荒芜并被埋没于一片青草之中，唯有她弹奏出来的悲哀乐曲至今还在世间流传。

【赏析】

“昭君出塞”是家喻户晓的历史故事。故事主角的王昭君，字昭君，名嫱，本为汉宫中的宫女。为西汉南郡秭归人（今属湖北）。公元前54年，战乱纷飞之际，匈奴呼韩邪单于的哥哥郅支单于英勇善战，打败了漠北的呼韩邪单于，随后南迁至长城外的光禄塞下，和西汉结好，为了表示长期友好的决心，曾经三次进长安入朝，并向汉元帝提出和亲的请求。当时身为宫女的王昭君听说后，便主动请求出塞和亲，后来呼韩邪单于在西汉的支持下控制了匈奴全境，从而使匈奴同汉朝和好达半个世纪。王昭君也因为其看重民族大义而甘愿远嫁和亲的勇敢之举，为汉与匈奴两族之间的团结和友好做出了毕生贡献，又因其美貌显现出来的过程，充满曲折的传奇色彩而流芳千古。

王安石所作的诗作《明妃曲》二首，极为用心地刻画了王昭君爱国思乡的真挚情感，并且下意识地把这种感情与个人的恩怨区别开来，是尤为有卓见的。为什么这么说呢？因为据史料记载，当时梅尧臣、欧阳修对《明妃曲》是极有偏见的，甚至还特意为此写了和诗，用以斥责此乃“汉计拙”之耻辱，以借此对宋王朝的屈辱政策提出抗议和抨击。在当时的社会背景下，王安石歌颂明妃的不以富贵淫、不以贫贱移、不以恩怨易心的坚定是极具现实意义的。

6．正气歌　文天祥

【原文】

余囚北庭，坐一土室。室广八尺，深可四寻。单扉低小，白间短窄，污下而幽暗。当此夏日，诸气萃然：雨潦四集，浮动床几，时则为水气；涂泥半朝，蒸沤历澜，时则为土气；乍晴暴热，风道四塞，时则为日气；檐阴薪爨，助长炎虐，时则为火气；仓腐寄顿，陈陈逼人，时则为米气；骈肩杂遝，腥臊汗垢，时则为人气；或圊溷、或毁尸、或腐鼠，恶气杂出，时则为秽气。叠是数气，当之者鲜不为厉。而予以孱弱，俯仰其间，于兹二年矣，幸而无恙，是殆有养致然尔。然亦安知所养何哉？孟子曰：“吾善养吾浩然之气。”彼气有七，吾气有一，以一敌七，吾何患焉！况浩然者，乃天地之正气也，作正气歌一首。

天地有正气，杂然赋流形。
下则为河岳，上则为日星。
于人曰浩然，沛乎塞苍冥。
皇路当清夷，含和吐明庭。
时穷节乃见，一一垂丹青。
在齐太史简，在晋董狐笔。
在秦张良椎，在汉苏武节。
为严将军头，为嵇侍中血。
为张睢阳齿，为颜常山舌。
或为辽东帽，清操厉冰雪。
或为出师表，鬼神泣壮烈。
或为渡江楫，慷慨吞胡羯。
或为击贼笏，逆竖头破裂。
是气所磅礴，凛烈万古存。
当其贯日月，生死安足论。
地维赖以立，天柱赖以尊。
三纲实系命，道义为之根。
嗟予遘阳九，隶也实不力。
楚囚缨其冠，传车送穷北。
鼎镬甘如饴，求之不可得。
阴房阒鬼火，春院閟天黑。

牛骥同一皂，鸡栖凤凰食。

一朝蒙雾露，分作沟中瘠。

如此再寒暑，百沴自辟易。

嗟哉沮洳场，为我安乐国。

岂有他缪巧，阴阳不能贼。

顾此耿耿在，仰视浮云白。

悠悠我心悲，苍天曷有极。

哲人日已远，典刑在夙昔。

风檐展书读，古道照颜色。

【注释】

北庭：指元朝首都大都（今北京）。

寻：古时八尺为一寻。

萃然：聚集的样子。

雨潦：下雨形成的地上积水。

蒸沤历澜：热气蒸腾，积水结潭，到处都是杂乱不堪，满目狼藉。

风道四塞：四面的风道都堵塞了。

薪爨：烧柴做饭。

炎虐：炎热的暴虐。

仓腐寄顿：仓库里储存的米谷腐烂了。

圊溷：厕所。

侵沴：恶气侵入。沴：恶气。

鲜不为厉：很少有不生病的。

俯仰其间：生活在那里。

殆：大概。

有养：保有正气。

致然：使然，造成这样子。

然尔亦安知所养何哉：然而又怎么知道所保养的内容是什么呢？

浩然之气：纯正博大而又刚强之气。见《孟子·公孙丑》。

吾何患焉：我还怕什么呢？

简：古代用以写字的竹片。

嵇侍中：名为嵇绍，是嵇康之子，晋惠帝时任侍中（官名）。

张睢阳：即唐朝的张巡。

颜常山：即唐朝的颜杲卿，任常山太守。

厉：严肃，严厉。

出师表：诸葛亮出师伐魏之前，上表给蜀汉后主刘禅，表明自己为统一事业奋斗到底的决心。表文句句中肯，名言迭出，其代表有“鞠躬尽瘁，死而后已”，等等。

逆竖：叛乱的贼子，指朱泚。

传车：官办交通站的车辆。

穷北：极远的北方。

鼎镬：大锅。

阴房阒鬼火：囚室阴暗寂静，只有鬼火出没。阴房：此指囚房。阒：幽暗、寂静。

春院闷天黑：虽然已是春天，应该百花明媚，但是在院门封闭不开的时候，仍然是一片漆黑，看不见春光春色。閟：关闭。

一朝蒙雾露：一旦受雾露风寒所侵。

如此再寒暑：表示又一年，意为在这样的环境中度过了两年。

百沴自辟易：意思是没有生病。

沮洳场：低下阴湿的地方。

顾此耿耿在：只因心中充满正气。

仰视浮云白：对富贵不屑一顾，视若浮云。

哲人日以远：古代的圣贤一天比一天远了。

风檐展书读：在临风的廊檐下展开史册阅读。

古道照颜色：古代传统的美德，闪耀在面前。

【译文】

我无奈失去自由，被囚困在北国都城的一所破旧土屋里。这间土屋大小约有八尺宽，四寻深。四周只有一道又低又小的门和一扇又短又窄的白木窗子，土屋之中又湿又暗。一到炎热的夏天，屋中的各种气味就都汇聚在一起。但凡下雨，雨水便会从四面空隙处流进屋子里来，将屋中的一概物件淹没，这个时候，屋子里头异常潮湿。待到雨水退去之后，屋里留存下来的污泥又因为没有照射到阳光的缘故，散发出难闻的恶臭来。假如这个时候天空忽然出现烈日暴晒，土屋四面的通风道口被紧紧堵住，这时屋子里边就会变得异常闷热，几乎令人窒息。每当有人在屋檐下烧柴火做饭，隔着墙壁发散出来的火气炎热无比，极度难熬。土屋周遭的仓库里头，还常常储藏着许多腐烂的粮食，发出阵阵逼人作呕的霉味，弥漫在小屋之中。和我一起被关在屋里的人很多，大家杂乱地拥挤在一起，满屋子的人气之中散发着腥臊的汗臭味。粪便、腐尸、死老鼠，那是常有的东西，各种各样的恶臭混杂在一起，秽气连天。数不清的恶劣气味混杂着有毒细菌不断发酵，酝酿出了瘟疫，很多人不幸感染甚至死去。可奇怪的是，我这样虚弱的身子已经在如此恶劣的环境中居住了两年了，却依然没有患上疾病，这大概是因为我本身的修养的缘故吧。然而这又是什么样的一种修养呢？孟子说："我善于培养我心中的浩然之气。"纵然屋内汇集着七种气压迫着我，我却只有一股恢宏刚正的气，但这种天地之间的凛然正气浩然耸立，我难道还要怕吗？因为如此，我便将之写成这首《正气歌》以作纪念。

天地之间有一股无形的堂堂正气，只可感不可触，但是力量却不可忽视，它可以附加在万物之上而助其恢宏、磅礴、万千形态。浩大到在地上便化作山河，在天上可化作星辰，在人间则化作正气，凛然不可蔑视，充满天地寰宇。

国运昌隆、国泰民安的时候，它化为祥和的社会民生和开明公正的朝廷政局。时运艰危的时刻，它便化为义士，用尽毕生的奋斗，将自己的光辉形象永垂丹青之中。在齐国的时候，有不畏迫害舍命纪实正史的太史简，在晋国的时候，有正义凛然不为所动的董狐笔。在秦朝的时候，有为民除暴、心系百姓安居的张良椎，在汉朝的时候，有赤胆忠心、威武不屈的苏武节。这股不可思议、虽然无形却刚不可摧的气还出现在宁死不屈的严将军的头颅上，出现在誓死抵抗的嵇侍中的汩汩鲜血里，出现在张睢阳誓师杀敌而咬碎的牙齿之间，出现在大秦之初商鞅面临五马车裂的分尸之间。有时它幻化成喜欢戴帽子的管宁，他高尚的品格纯洁胜过冰雪。有时它又幻化为写下《出师表》的诸葛亮，他那颗鞠躬尽瘁、死而后已的忠心惊天地泣鬼神。有的时候，凛然正气还幻化成祖逖渡江北伐时的楫，慷慨激昂地发誓一定要吞灭胡羯方回还。

这股触摸不到，但强烈存在的浩然正气，正义凛然，不允亵渎、不能藐视、不可侵犯并且万古长存。当这一股正气直冲霄汉贯通日月之后，是死是活根本无须去谈论！它顶天立地，维持着三纲与道义。

可悲的是我如今正身处在遭遇国难的时刻，却无能为力去杀贼安邦，只能穿着朝服成为敌人的阶下之囚，被人用驿车送到了穷北。如受鼎镬之刑对我来说如同喝糖水一样简单，死于我而言并不恐怖，如果能够为国捐躯，那是何等求之不得的人生幸事。

牢房此时一片静谧，鬼火点点，院子的大门始终紧紧地锁着。老牛和骏马混养在同一个棚舍里，在一个食槽里吃喝，凤凰也窝在鸡窝里，没了本身的华丽，收起了骄傲的翅膀，像鸡一样起居饮食。我很清楚一旦病了，风寒染疾之后将看不到更美的阳光，而是将葬身于那道黑暗肮脏的沟壑里，那道沟壑就一定会是我的葬身之地，不过如果我还能再熬过两年，那身上原本的疾病就会被我战胜，知难而退了。

可悲可叹的是我如今安身立命的所在居然是这么阴暗肮脏的地方。其中难道有什么奥秘吗？之所以一切寒暑变换、冷暖污秽都无法伤害我的身体，那是因为我的胸中有一颗丹心永远在跳动，功名富贵对于我来说，就如同天边的浮云一般。我内心深深牵挂着国家民生，为国忧为民叹，问苍天何时能如我愿，让我等到想看的画面。已经离我们而去的先贤智者们，他们的精神始终萦绕和陪伴着我，支撑着我的信念。先贤的大爱光辉为我照亮思国忧家的曲折道路，晨曦朦胧，耳畔清风中，我在屋檐下安静地翻书来读。

【赏析】

“养气”一说，是孟子最先提出来的，他所说的“气”指的是一种精神性的正气。追溯“气”的起源，应该出自我国古代的哲学领域。宋代理学领域的气，仅仅只是一个概念。《庄子·秋水》中载："物之生也，若骤若驰，无动而无变，无时而不移。"朱熹则强调"气"有孕育万物的重要作用，其作品《朱子语类》里说："天地之气刚。"所以，诸如此类先贤古人的思想理论对文天祥此篇作品有一定影响。

这首诗的序为散文。骈句、散句参差错落，疏密有序。在序里，文天祥先以俳句作为铺陈，以骈文、散文的形式相互穿插，描写了牢狱之中的"七气"，极力渲染出监牢环境的恶劣与混乱。继而他阐述自己本来就体弱，但这囚牢之中邪恶之"七气"的压迫也没有要了自己的性命，正是因为自己胸有正义，心存浩然正气，这恰恰与自己体弱形成鲜明对比！接下来引出下面"正气歌"的诗篇。正因如此，所以这首诗篇的序和诗文本身在构思上是连贯的，在技巧上则是前后照应的，是正篇诗作有机的组成部分。

创作这首《正气歌》时，文天祥以"时穷节乃见"为结构核心，又以"天地有正气"为发端，来陪衬、突出结构核心，紧接着又列举了诸多"历史哲人"的事迹以及自己囚于土牢而坚贞不屈来作为证明。篇幅恢宏、脉络清晰、主题鲜明，令人备感浩然之气心中回荡。

这种凛然正气植根于中华民族优秀文化传统的沃壤之中，被永远传诵，而文天祥作为一位家喻户晓的民族英雄，他身上铿锵的爱国精神和民族气节，也令人深深敬佩。

7. 贾生　李商隐

【原文】

宣室求贤访逐臣，贾生才调更无伦。

可怜夜半虚前席，不问苍生问鬼神。

【注释】

逐臣：被放逐之臣，指贾谊曾被贬谪。

才调：才华气质。

可怜：可惜，可叹。

虚：徒然，白白地。

前席：在座席上移膝靠近对方。

苍生：百姓。

【译文】

在文人眼中，汉文帝为了求贤，深夜在宣室中征询贾谊的政治见解，令人钦佩。而贾谊的才气纵横，对答如流令人折服。但可惜的是，汉文帝连夜问政，倾耳而听的，却不是社稷百姓的安危，仅仅只是关于鬼神的传说罢了。

【赏析】

《史记·屈贾列传》载：“贾生征见。孝文帝方受厘（刚举行过祭祀，接受神的福佑）坐宣室（未央宫前殿正室）。上因感鬼神事，而问鬼神之本。贾生因具道所以然之状。至夜半，文帝前席（在座席上移膝靠近对方）。既罢，曰：‘吾久不见贾生，自以为过之，今不及也。’”

看来贾谊被贬长沙，是千百年来文人墨士们用以抒发怀才不遇的常见题材，但是在这首《贾生》之中，李商隐另辟蹊径，选取汉文帝夜宣贾谊、深夜还在倾谈的情节，极具讽刺，借贾谊的遭遇，抒发自己满腔热忱与才气却得不到重用的满心抱怨。更加难能可贵的是，诗人在诗中所表达的，并不是个人的穷通得失，而是勇敢地批判、讽刺封建统治者不能真正重视人才，使其在政治上发挥作用的弊端。

夜半时分，汉文帝宣室召见贾谊，促膝倾谈，在一般的文人心中，这本该是很荣耀的一件幸事，但李商隐却独具只眼，紧紧抓住“不问苍生问鬼神”这一不为人们所注意的细节，借以揭露晚唐皇帝服药求仙、荒于政事、不能任贤、不顾民生的昏庸特性，翻出了一段鞭辟入里、发人深省的诗的议论。

8. 永遇乐·京口北固亭怀古 辛弃疾

【原文】

千古江山，英雄无觅孙仲谋处。舞榭歌台，风流总被雨打风吹去。斜阳草树，寻常巷陌，人道寄奴曾住。想当年，金戈铁马，气吞万里如虎。

元嘉草草，封狼居胥，赢得仓皇北顾。四十三年，望中犹记，烽火扬州路。可堪回首，佛狸祠下，一片神鸦社鼓。凭谁问，廉颇老矣，尚能饭否？

【注释】

京口：古城名，即今江苏镇江。

孙仲谋：孙权（182年至252年），字仲谋。

寄奴：南朝宋武帝刘裕小名。刘裕（363年4月—422年6月），字德舆，汉族，先祖是彭城人（今江苏徐州市），后来移居到京口（今江苏镇江市），是南北朝时期宋朝的创建者，史称宋武帝。被后世评为中国历史上杰出的政治家、卓越的军事家、卓越统帅。

元嘉：刘裕子刘义隆年号。

赢得：剩得，落得。

神鸦：指在庙里吃祭品的乌鸦。

社鼓：祭祀时的鼓声。

廉颇：战国时赵国名将。

【译文】

虽然“江山代有才人出，各领风骚数百年”，可是数代亘古英雄，也再难找到像孙权那样的时势英雄了。当年那些辉煌着的歌台舞榭仍然存在，但那些为人乐道的大英雄人物却在时间的冲刷中逐渐被淡忘了，如今更是痕迹都不在了。并不起眼的小巷里，斜阳静静照在小草上，据说当年刘裕就是从这个小巷中走出来的。那个时候的他啊，指挥着精良的三军，气贯长虹，威猛如虎！元嘉皇帝兴兵北伐，一心想着建功立业，封狼居胥，却终究落得仓皇逃命的结果，北望追兵挥泪涟涟。

时光荏苒，已然走过四十三年，如今再回首望长江北岸，虽然眼前的情景不同，但还记得当年扬州城烽火连天的硝烟。往事不堪回首。看今时今日香火盛燃在拓跋焘祠堂中，还有乌鸦在啄咬祭祀的食物，祭祀的大鼓声声被擂响。然而时过境迁，如今还有谁会问，廉颇是否老了，饭量是否还好？

【赏析】

每个人心中都有一个属于自己的超级英雄，他不仅代表着荣耀，更代表着希望与动力。南宋词人、将领辛弃疾心目中也有一位超级英雄，他便是三国时代吴国国主孙权，孙仲谋。他继承了父兄打下的基业，独挑江山，挥斥方遒，西御黄祖，北抗曹操，立下赫赫战功，被世人称为一代豪杰。孙权最先建都于京口，随后迁都于建康，称霸江东为王，是世人一致公认的大英雄。辛翁对他甚为敬佩，这首《永遇乐·京口北固亭怀古》所写便与他有关。不单如此，就在辛翁的另一首词作《南乡子》中，他还曾以万分钦佩的口吻赞叹孙权，说他是“年少万兜鍪，坐断江东战未休。天下英雄谁敌手？曹刘，生子当如孙仲谋”。

但可惜的是，正如明代的杨慎所言：“滚滚长江东逝水，浪花淘尽英雄。是非成败转头空，青山依旧在，几度夕阳红。”江河虽然从未更改，青山也依旧青翠，但历史的长河却早已经风云变幻、物是人非了。

“千古江山，英雄无觅，孙仲谋处。舞榭歌台，风流总被雨打风吹去。”词作一开始，辛翁便以喷薄的气势着笔，所流露出的是他自己满身非凡的英雄气魄和无比宽广的胸襟。

在当年，辛翁面对这个载有悠久历史的故城京口，顺势联想到与之相关的英雄孙权和刘裕，并取材成词，蕴含三层意味。其一，表达时光易逝、年轮匆匆所带给他的无限惆怅。因为这些如水的时光不仅更改了历史之中英雄留下的丰功伟绩，更带走了无数英雄人物的翩翩风采，只留下曾经的残痕而已。其二，辛翁认为，正是由于时无英雄，因而才致奸臣当道，时政昏庸无度，所以先贤英雄们拼死打下的江山国土又无奈拱手他人、痛失敌手，国民也惨遭迫害，沦为亡国奴，绝望里丝毫看不到复国的点点希望。思量至此，辛翁心中丧权辱国的耻辱感便随之翻涌，令他愤恨不已。其三，辛翁满怀抱负却怀才不遇，胸有大业却壮志难酬，这股被压抑的恢宏之志没有出处，心生憋闷。遂联想到历史上赫赫有名的英雄先贤，功成行满名垂青史，自己心中不由得无比羡慕，也同时对大英雄流露出追思之情。壮志与怀才，难酬与不遇，奠定了本词全篇悲情和苍凉的基调，惆怅之情不言而喻，情感洋溢是渐浓渐抒展开来的，热烈沉重，扣人心弦地描绘了一位心怀国家、情系民生的爱国志士有情而不得表的难言之痛。

9．浣溪沙·倾国倾城恨有馀 薛昭蕴

【原文】

倾国倾城恨有馀，几多红泪泣姑苏，倚风凝睇雪肌肤。

吴主山河空落日，越王宫殿半平芜，藕花菱蔓满重湖。

【注释】

凝睇：凝聚目光而视。这里是微微斜视而又含情的意思。

雪肌肤：肌肤白嫩、细腻而润滑。

吴主山河空落日：吴王夫差的江山已覆没。落日：喻亡国。

越王宫殿半平芜：越王勾践的宫殿，也大半为荒草所掩。

芜：音“无”，田野荒废，丛生野草。

菱蔓：菱角的藤子。

重湖：湖泊相连，一个挨着一个。

【译文】

纵然素有倾国倾城的美貌，这外表的完美带来的慰藉也远远比不过心底里不可消磨的仇恨，在姑苏台上无奈做商女献歌献舞，应该是曲终人散，美人眼中的泪却还是收不尽，还在无声地流，她仍然朝着远方凝望，立于风中像极了一尊塑像。

吴王的江山国土早就在日月轮回中成为历史了，此时眼前的杂草丛生恰恰是彼时胜利者越王宫殿的旧痕，都没有办法和菱藕蔓草年复一年的茂盛常新相提并论。

【赏析】

自古以来，姿色艳丽的女子皆被形容为“倾城倾国”，这个词始见于《汉书·外戚传》：李延年能歌善舞，常在汉武帝前起舞作歌道：“北方有佳人，绝世而独立。一顾倾人城，再顾倾人国。宁不知倾城与倾国？佳人难再得。”

薛昭蕴这首咏史词，描写的是古代四大美女之一越国西施的故事，侧面抒发对于历史兴衰的慨叹，诗作风格苍凉、悲凄。薛昭蕴对于人物肖像动作的细节描写，使人能透过人物外表准确地感受到其内心的矛盾与痛苦。越王勾践借用捷径，设下著名的美人计，借西施美貌实现了灭吴复仇的大愿望，在历史层面的大方向上，看似以小博大，但就人生而言，却是辜负了西施一生的幸福，她无奈地远离故土，违心地向一个自己并不钟情的暴君献媚邀宠，一介弱小女子也有民族慷慨大义，时至今日也是一出令人同情、悲悯的千古悲剧。

上片讲述的是西施被进献入吴宫的故事，西施虽然心有不甘，眷恋故国，但是为了复国，唯有强颜欢笑，巧做笑颜。下片则是对于现实的感叹。词人将夕阳的余晖比作吴王的末代山河的衰落结局，借用平芜与越王的宫殿对比作衬，最后将目光聚焦在重湖的藕花间，以此作为总结，在不断切换的情景中映射历史的沧桑巨变，寄予他自己对唐王朝衰败没落的感叹。

10. 巫山一片云·有客经巫峡　李珣

【原文】

有客经巫峡，停桡向水湄。楚王曾此梦瑶姬，一梦杳无期。

尘暗珠帘卷，香销翠幄垂。西风回首不胜悲，暮雨洒空祠。

【注释】

桡：船桨。《淮南子·主术训》："夫七尺之桡而制船之左右者，以水为资。"此以"桡"借代为船。

水湄：岸的边缘处，水与草相结合处。《诗经·秦风·蒹葭》："所谓伊人，在水之湄。"《毛传》："湄，水岸也。"

楚王曾此梦瑶姬：意思是楚王曾梦游此地与神女相会。瑶姬：美丽的仙女。郦道元《水经注·江水》："宋玉所谓天帝之季女，名曰瑶姬，未行而亡，封于巫山之阳，精魄为草实，为灵芝。”

【译文】

乘着航船经过巫峡的时候，曾在岸边稍作停留，凝望这一片传说楚襄王梦游与神女相遇的山峦。青山依旧，只可惜这一场美梦再无重现的机会。

夜幕渐渐拉开，天色逐渐暗淡，隐约中看到珠帘空卷，翠幕低垂，香气已尽。唯有西风萧瑟，吹打着空荡荡的神女祠，伴着我回首楚王梦神女之旧事，心中惆怅不尽。

【赏析】

这首词是咏词牌名本意，以写神话中的巫山神女的故事为开端，最后由眼前的空祠所联想到的关于怀古的满腔幽情。

在流传的中国古代神话中有一位巫山神女。据民间传说她出身于天国，是天帝的女儿，名字叫瑶姬，还没有来得及出嫁就命殒，离天帝而去，在万分悲恸中天帝将女儿葬于巫山（在今重庆市与湖北省交界处，东北—西南走向，高1000余米），正因如此，她被称作神女，也叫作“巫山之女”。战国时期，楚怀王云游高唐时，梦到自己和巫山神女相遇，而且梦中神女自荐枕席。宋玉陪侍襄王游云梦时，作诗《高唐赋》与《神女赋》追述这些经历，且被千古流传。

当年词人李珣乘舟自巫峡而过时，泊船江边，前往神女祠一游。看到曾经富有生气、精致的金炉珠帐和高悬的优雅画帘相筑的神女宫殿，如今却充满寂寥，满目苍凉之景，不禁心中充满对衰落的慨叹。于是他便徘徊在祠堂前头，仰望对面十二晚峰，云雾轻绕，散开又复相合，特别是那奇丽的神女峰，最为引人注目，浮想联翩也随之油然而生。

上片所写的是自从楚王一梦与巫山神女相遇之后，就此人神永隔，所以说是“杳无期”，只留下永久的惆怅。下片写的是神女空祠的情景，词人的笔触由想象转到了现实，面对空荡荡的祠堂，又使词人联想起楚国种种往事，怀古之情骤然而生。“尘暗”两句，是触目实景的表达，写词人在步入神祠之后所见到的真实的一切。他从眼见的“珠帘”和“翠幄”之景联想到了昔日宫殿里的富丽多姿；从“尘暗”和“香销”中触目到如今的惨淡，只见帘帐之上灰尘积旧，毫无色彩。对比眼前的衰败之景，回想起曾经华丽生机的神女宫殿，此情此景与那年那月充满鲜明对比；再从旧时的传说联想到楚国的历史往事，不由得心生感叹。神女的故事固然是虚无缥缈的传说，但是现实之中的楚国，却终究是因为君王的昏庸而亡国的，仅仅这一点，便足以作为后世的鉴戒了。这样的一首佳作留给后世读者的循循告诫，就如同阮籍在《咏怀》中所云：“箫管有余音，梁王安在哉！”

第七篇

杨柳羌笛关山雪，戎马赤忱家国心

（边塞诗）

1．塞下曲六首 李白

【原文】

五月天山雪，无花只有寒。
笛中闻折柳，春色未曾看。
晓战随金鼓，宵眠抱玉鞍。
愿将腰下剑，直为斩楼兰。

天兵下北荒，胡马欲南饮。
横戈从百战，直为衔恩甚。
握雪海上餐，拂沙陇头寝。
何当破月氏，然后方高枕。

骏马似风飙，鸣鞭出渭桥。
弯弓辞汉月，插羽破天骄。

阵解星芒尽，营空海雾消。
功成画麟阁，独有霍嫖姚。

白马黄金塞，云砂绕梦思。
那堪愁苦节，远忆边城儿。
萤飞秋窗满，月度霜闺迟。
摧残梧桐叶，萧飒沙棠枝。
无时独不见，流泪空自知。

塞虏乘秋下，天兵出汉家。
将军分虎竹，战士卧龙沙。
边月随弓影，胡霜拂剑花。
玉关殊未入，少妇莫长嗟。

烽火动沙漠，连照甘泉云。
汉皇按剑起，还召李将军。
兵气天上合，鼓声陇底闻。
横行负勇气，一战净妖氛。

【注释】

天山：指祁连山。

折柳：即《折杨柳》，古乐曲名。

天兵：指汉朝军队。

衔恩：受恩。

海：瀚海，大沙漠。

鸣鞭：马鞭挥动时发出的声响。

渭桥：在长安西北渭水上。

天骄：指匈奴。

海雾：沙漠上的雾气，指战争的气氛。

麟阁：即麒麟阁。

霍嫖姚：即霍去病。

云砂：细碎的石粒，指边塞风光。

沙棠：植物名，果味像李子。

独不见：《独不见》属乐府古题，表达的主题是思而不得见，想而不能见的落寞愁绪。

虎竹：兵符。

龙沙：即白龙堆，指塞外沙漠地带。

剑花：剑刃表面的冰裂纹。

陇底：山坡下。

妖氛：指敌人。

【译文】

已经五月的时节了，天山之上，仍然有雪花在飘洒，漫山遍野不见花儿开放，仅有刺骨的严寒肆虐。将士身在山中，口中却吹着《折杨柳》的曲子，可见对春天的渴望和期待，身不能动，只能寄情于思，化作曲子飘扬了，又能往何处去寻觅那杨柳青青的春天呢？在拂晓时分，假若有一声号令响起，将士们便得赶紧起身准备作战，因而夜晚便只能枕着马鞍宿露而眠。对于这样的生活，将士们都没有一句怨言，他们只是希望能用自己腰间悬挂着的宝剑，去为君王过五关，斩六将，奋勇杀敌而已。

因为边疆相邻的他族游牧民经常侵扰我族，无奈我军出征奔向这荒芜辽远的地带征战。将士们横曳戈矛前往战场，一个个身经百战，骁勇善战，只是因为平日里受皇恩眷顾太深了，是时候轮到自己精忠报国了。大沙漠里粮草奇缺，为了填饱肚子，将士们不得不将雪花握成团作为粮食充饥，夜里就睡在满是沙土的旷野之中。究竟什么时候才能击败敌军，换来太平盛世，回到温馨的家中睡个安稳觉呢？

此时此刻的骏马狂奔，风驰电掣地驰骋在浩荡无边的疆场之上，只听见犀利的马鞭挥舞，响声回荡在空中，只见骏马如疾飞般跃出了渭桥。我们奉命奔赴边疆征伐外族入侵的敌人，战姿骁勇，敌军很快就被我军悉数歼灭，营中也已经空无一人，边境的战乱就此平息，危机解除，战争结束，肃杀的氛围渐渐回暖，然而能够成就大功而将画像摆放在麒麟阁之中的，古往今来只有霍去病一人而已。

思念让一切变得柔软，就连战火纷飞的塞外，虽然沙石满天，战马嘶鸣，可心里一旦触及你的影子，也变得骏马驰骋、辽阔无际。可这样思念戍守边疆的你，不堪忍受得度日如年，秋天的夜里，萤火虫飞在月光之下，在我的闺房前漫漫飞舞。秋天里的冷风呼呼地吹，萧瑟的秋风催落着还在留恋的梧桐树叶，纷飞在地，已经凋零的沙棠枝干让人触目之后感到空空荡荡的凄冷。我经常会忍不住独自浅唱那首《独不见》的曲子，总是不禁潸然泪下，但这一切愁绪却无人知晓。

边疆相邻的匈奴擅长掠夺，好征战，在秋季粮食收割后屡遭他们入侵迫害，于是朝廷出军征战讨伐，奋勇杀敌。接到命令的战士们一路精神抖擞，行军塞外，到达龙沙一带拉开军营驻扎下来。在塞外战火硝烟随时四起的夜里，温柔的月光洒在冰冷的弓上，拉出隐隐约约的影子，战地夜里的寒露凝霜拂过刀剑，触摸起来格外冰凉，也还远远未曾进入玉门关，请闺中少妇们不要自此哀声长叹。

烽火在沙漠的深处熊熊燃起，连绵直到甘泉宫前，照亮了甘泉宫上空的云层。汉武帝手握利剑拍案而起，号召将军李广。肃杀的战争氛围四处弥漫，惊天动地的战鼓声响彻遍野，就连山坡下也能清晰地数得清击鼓数。横行战场靠的是勇敢的气魄，在将士们的奋勇拼杀下，只需要痛痛快快地打一仗就能够彻底消灭敌人了。

【赏析】

《塞下曲六首》是唐代诗人李白的组诗之作，元人萧士赟云：“此《从军乐》体也。”

根据史料记载推断，李白的这组诗应该作于他入长安一年左右的时候，他入长安后供奉于翰林院，胸怀天下，心系政局。这六首诗都是借用唐代流行的乐府题目而写时事与心声的，与其他许多初、盛唐边塞诗一样，以乐观高亢的基调和雄浑壮美的意境反映了盛唐的精神风貌。

诗作主要叙述了汉武帝平定匈奴侵扰的史实，诗中有对战士金戈铁马、奋勇战斗的连番歌颂，也有对闺中思妇柔情万款的细腻抒写，内容极为丰富，行文风格一如李白在文坛中的印象，行文如流水，豪情满怀、荡气回肠的节奏感令诗作脍炙人口，表达了高尚的爱国情操，是难得一见的旷世佳作。

2. 出塞作 王维

【原文】

居延城外猎天骄，白草连天野火烧。

暮云空碛时驱马，秋日平原好射雕。

护羌校尉朝乘障，破虏将军夜渡辽。

玉靶角弓珠勒马，汉家将赐霍嫖姚。

【注释】

居延城：也叫居延塞。

猎天骄：这里借称唐朝时的吐蕃。

白草：北方草原上特有的一种野草，枯萎后即呈白色，称白草。

暮云：晚上的云彩与烟雾相接。

碛：沙漠。

时驱马：正在奔驰的猎马。

秋日：秋天的时节。

平原：平坦的原野。

好射雕：正好是打猎的时候。射雕：泛指用箭射空中的禽鸟。雕：凶猛性鹰类。

护羌校尉：指唐朝戍守边疆的将领。

朝乘障：早晨登上遮虏障。乘障，同“乘鄣”，谓登城守卫。

破虏将军：此指唐朝守边的将领。

玉靶：镶玉的剑柄，借指宝剑。

珠勒马：珠饰的马络头。

汉家将赐：汉朝就要赏赐。这里指唐廷就要赏赐。

【译文】

居延城外的胡人正在狩猎，白草连天的大草原上，大火正在漫天地燃烧着。傍晚时分天边飘着悠云，辽阔的天空之下，苍茫浩渺的沙漠上，骏马竞相驰骋，秋天里的平原一马平川，正是射雕的最佳时节。

护羌校尉坚守着阵地，他登上障堡缜密地瞭望远方敌情，破虏将军勇猛出击，在夜里勇踏辽河，进攻敌军奋力杀敌。朝廷于是便把镶玉的宝剑、角饰的大弓、戴在战马头上的珠络赐给了得胜的边帅崔希逸，并称赞他：“骁勇如汉朝的霍嫖姚。”

【赏析】

居延关外熊熊的猎火正盛燃在长满白草的辽阔原野之上，这里显然要进行声势浩大的打猎活动，在紧张的战局之中，这显然是肃杀征战的前奏信号。诗作之中写打猎声势的浩大，主旨就是渲染边关剑拔弩张的紧张气氛。诗作之中“居延城外猎天骄，白草连天野火烧”这两句，很容易让人想起高适《燕歌行》中的那句“单于猎火照狼山”，而历代文作中所提及的“猎火”也有暗喻战火的意思。

“暮云空碛时驱马，秋日平原好射雕”两句是对吐蕃的猎手们的深入描写，他们在暮云沉淀、浩荡无际的大漠上骑着战马竞相驰骋，在这草干木枯的秋季，大漠平原上的动物连隐蔽物都寻找不到，只能四处逃窜，和战马赛跑。字里行间展露的是一幅生动传神、极为典型的塞上风俗画卷。既刻画出吐蕃健儿马背上骁勇弯弓、剽悍粗犷的飒爽英姿；另一方面也在借此暗示着此刻边关形势的紧急。

“护羌校尉朝乘障，破虏将军夜渡辽”是诗作之中极有气势的两句。“护羌校尉”与“破虏将军”原本是汉代武官名，作者在此处文中借用，泛指全部唐军将士。他选取了军事战役之中较有代表性、较为典型的事物，通过形象的概括与描述，把唐军紧张调度、英勇出击，并且最终取得胜利的情景与过程表达了出来，收到极富画面感的生动艺术效果。

3. 碛中作 岑参

【原文】

走马西来欲到天，辞家见月两回圆。

今夜不知何处宿，平沙万里绝人烟。

【注释】

碛：沙漠。

走：骑。

辞：告别，离开。

两回圆：表示两个月。

平沙：广阔的沙漠。

绝：没有。

【译文】

骑着马儿一路向西，来到了最接近天边的地方，不知不觉间，我离开家乡已经将近两个月了。一路走在荒无人烟的沙漠中，不知道今夜我又该住在哪儿呢？

【赏析】

在唐代的文坛上，岑参的边塞诗是最富奇幻色彩的。之所以能够写出如此独树一帜的作品，是因为他曾经有过两次出塞的经历，所以对边塞生活有着极为深刻的体会，对边疆的风土人情有着极为深厚的感情。

天宝八载（公元749年）岑参第一次从军西征，彼时的他离开长安已经有两个月之久了。那一夜他静静地坐在广袤无际的沙漠中的宿营里，望着天幕之中高高挂着的那轮十五的圆月，又看到与自己一样在沙碛中列营而宿的众位士兵，心中升腾起月圆人未归的念想，于是便将这个沙漠行军途中野营生活的剪影写成了这首名为《碛中作》的绝句。

“走马西来欲到天”这一句写得豪迈至极，景象辽阔。透过诗句的描述，读者仿佛看到诗人意气风发地跃马扬鞭，潇洒自若地从长安出发，沿着通往西域的丝绸之路向西进发的情形。“欲到天”是对边塞离家之远的一种略带夸张的形容，而“辞家见月两回圆”一句则是从时间点上着眼，用富含深情的笔触，写出他的心中此时此刻对家乡、对亲人的无限思念。

对于从军边塞的诗人来说，戎马生涯的艰苦、边疆地域的荒凉都是一种荣耀，这种荣耀之中饱含的正是他的满腔豪情壮志。

4. 征人怨 柳中庸

【原文】

岁岁金河复玉关，朝朝马策与刀环。

三春白雪归青冢，万里黄河绕黑山。

【注释】

岁岁：年复一年，年年月月。

金河：即黑河，在今呼和浩特市城南。

玉关：即甘肃玉门关。

朝朝：每天，日日夜夜。

马策：马鞭。

【译文】

我日复一日戍守边关，岁岁年年护卫金河，日日夜夜挥舞马鞭，时时刻刻手握刀环。暮春的时候看白雪从天空中落下，看万里奔腾的波涛从黄河一直绕过黑山。

【赏析】

《征人怨》全篇悲壮与豪情流淌在字里行间，是一首脍炙人口的边塞佳作。全诗四句，一句一景，所提及的金河、青冢、黑山，都在今内蒙古自治区境内，这些地方在唐朝的时候属于单于都护府。从表面上看，四个句子所要表达的意思并不连贯，但它们都是对古时“征人”形象的概述，而这些概述的字里行间都围绕着一个“怨”字而展开。

更为有意思的是，这首诗作既是围绕着“怨”字铺开，却通篇都找不到一个“怨”字。诗人提及了各种让人极易产生“怨”的理由，从最敏感的时间与关键性的空间两方面执笔，从“岁岁”“朝朝”中读出了分分秒秒到一生戎马的恒久生涯，从“三春白雪”“黄河”与“黑山”的自然痕迹中去佐证戍守生涯的“年轮”，产生了“不提一字，尽得风流”的艺术效果。

另外，这首诗以艺术结构上为人称赞的严谨工整流传于世。句中结构讲求对偶，联中结构工整成对。后一联的对仗尤其讲究，细致到在词性结构上也相当工整，如数字对（“三”“万”）与色彩对（“白”“青”“黄”“黑”）同时出现在一联之中；而且在这一组色彩对中，鲜明亮丽，每提一彩便有“添彩”的画面感，浓重了诗歌的艺术形象；动词类有“归”与“绕”相对，流露着生动情韵。这样精工的绝句，的确是不多见的。

5．从军北征　李益

【原文】

天山雪后海风寒，横笛遍吹《行路难》。

碛里征人三十万，一时回首月中看。

【注释】

回首：一作回向。

月中：一作月明。

【译文】

一场大雪遍布了天山，远处青海湖的寒风一路刮来，刺骨难耐，战士们行军的遥途中，不禁内心酸楚，纷纷吹起了《行路难》的曲子。此刻沙漠之中有三十万的将士聚集，一到夜晚，所有的将士都朝着天上明月的方向瞭望，思念着自己的故乡。

【赏析】

我们总说文学创作来源于生活实践。因为有实践与体验，所以才能在文学作品之中凸显出与众不同的、别样的感受来。唐朝诗人李益就是这样的一个例子。因为他对边塞景物和军旅生涯有过亲身的体验，所以他的边塞诗总是能够透露出一种与其他诗歌不同的味道来。他将自己的影子隐藏在诗作之中，对读者有着特殊的感染力量。

诗作的第一句是写实，清晰地传递了地域、季节、天气环境等因素，这些虽然是侧面描写，但是很有力道地渲染了行军路难的气氛。而这样的阐述也仅用了七个字而已。正因为有了这样的烘托，在接下来的句子之中，便不需要再用累赘的字眼去描述行军的艰苦了。于是，诗人只是以一句“横笛遍吹《行路难》”就完美地表达出了征人的心情。

《行路难》无论是从曲名还是从曲调再到曲意，都是十分哀怨的笛曲。而这里恰恰用了“遍吹”两字，妙在哀怨这种原本孤独孱弱的情绪在这里是产生共鸣的，是一曲此吹彼和、激荡夜空的悲壮合鸣，是一幅悲中见壮的风雪行军图、极致孤独中的共鸣有不言而喻的坚毅！

诗的后两句“碛里征人三十万，一时回首月中看”是即时描写，意在全军不只共鸣合唱，最重要的是心里情感此时此刻同频共振，忍不住同时望向夜月。句中的“碛里”“月中”是渲染画面的重要元素，有加重首句的作用，从侧面交代行军队伍无时无刻不感受着的寂寞，不只在碛里，也不只在月中，也在天山的漫天雪里，在刺骨的寒风中，在一望无际的大漠中，在无休止的脚步中。悲凉的不是环境，而是将士的心；悲壮的不是恶劣环境中还能前行的脚步，而是将士的心！

6. 凉州词三首（其三） 张籍

【原文】

凤林关里水东流，白草黄榆六十秋。

边将皆承主恩泽，无人解道取凉州。

【注释】

黄榆：乔木名，树皮黄褐色。叶、果均可食。

恩泽：恩惠赏赐。

凉州：此地的凉州泛指陇右失地。

【译文】

河水流过凤林关一路向东，在这熟悉的环境里，白草、黄榆树已经生长了足足六十年。戍守的边城将士年年岁岁受着皇帝的恩惠，日日夜夜地消耗着自己的年华，不移不动也不敢放松，却从来没有人想过主动出征夺回凉州。

【赏析】

“凤林关”位于今甘肃临夏市的西北方。唐朝和吐蕃的边疆交界在安史之乱前都在凤林关以西，但没有长久坐落于此，因为边城四镇的失利导致失守，凤林关也就随之沦陷了。沦陷之后的凤林关在入侵外族的野蛮掠夺、暴政奴役、压迫控制下，当地百姓流离失所，民不聊生，土地不再肥沃，而是长满荒芜，年复一年只有冰雪寒水奔涌东流，黄榆遍地，白草丛生。对于这样的一段历史，曾经有诸多的文人墨客、将领侠士为之感到愤憾与痛心，但是在当时特殊的时代大背景下，也只能留下一些空悲叹的句子与诗篇而已。

白居易在《西凉伎》中曾写道：“凉州陷来四十年，河陇侵将七千里。平时安西万里疆，今日边防在凤翔。缘边空屯十万卒，饱食温衣闲过日。遗民肠断在凉州，将卒相看无意收。”恰恰无独有偶，贤才所见略同，元稹的《西凉伎》中也说：“一朝燕贼乱中国，河湟没尽空遗丘。”“连城边将但高会，每说此曲能不羞？”他们都指出了凤林关失守沦陷的原因与当时边关将领腐败无能有着莫大的关系。

张籍的这首诗作所表达的也正是这样的思想主题，只不过他所写的诗作的风格，与他人相比，更显得迥然有别。

7. 塞下曲 许浑

【原文】

夜战桑乾北，秦兵半不归。

朝来有乡信，犹自寄寒衣。

【注释】

桑乾北：桑乾河北岸。今称桑干河，永定河的上游，源头起于山西，流经华北平原。

半不归：一半回不来，指战死。

乡信：家乡来信。

犹自：仍然。

寒衣：御寒的衣服。

【译文】

桑乾河北边发生了一场夜战后，秦地的士兵约有一半战死沙场，没能归营。然而早晨，后方送来一位士兵的家书，在信中家人亲切地告诉他，寒衣已经给他寄过来了，对他的饱暖始终挂心。

【赏析】

品读这首诗作的时候，总觉得自己的眼前正在上演着一出悲壮战争的影片。它以蒙太奇的手法，让死亡与等待在同一个时间里重叠，形成一幅极为矛盾的感官画面，让读者陷入深深的思考。首先对战火中牺牲的战士有着深深的同情，再对家书中迟来和送不出的关怀有极其悲恸的情感感染，同时对于残酷的战争给人们带来的重大伤害极为反感与抗议。在这首诗作之中，许浑仅用纯客观的创作笔法叙事，真实地反映了这场战事。从表面上看，他对此战争并未付诸任何的感情色彩，但读者从他描写战争造成的惨重伤亡的角度上看，便能发现诗人十分同情在战争中牺牲的战士，是极为反对这场战争的。

许浑生活于中唐时代，彼时的唐王朝已日渐走下坡路，因而这个时期的边塞诗也渐渐染上了时代所造就的感伤情绪。此诗基调是凄婉、哀伤的。唐代的文人墨客描写边塞战争，多见于以“汉”代“唐”，但许浑在这里标新立异引用了“秦”，究其原因是考虑到用“汉”，有可能在音律艺术色彩上过于“孤平”，而不能朗朗上口。而把唐王朝比作“暴秦”，也隐约折射出对于统治者的质疑和不满情绪。

“夜战桑乾北，秦兵半不归。”前两句仅用十个字就体现了事发的地点和环境，桑乾河北的夜战，环境自带悲怆的意味。这次夜战的结局，造成将近一半的战士没能再回来……这种结果在战争年代却是十分多见，面对死亡的平静在此处有一种“此处无声胜有声”的艺术效果，足够渲染出更加悲剧的气氛。

“朝来有乡信，犹自寄寒衣。”这两句运用“以一概全”的方法，有成千上万的将士，就有成千上万颗思乡思归的心，就有成千上万所期待亲人回归的家，然而从牺牲者中挑出某一位战士，以此为代表，写在他牺牲的第二天早晨，就有家信寄来，在信中告诉他御寒的衣服已经寄给他了。这是何等强烈的反差效果，仅仅只是一夜的时间而已，却已经阴阳相隔了。寄给战士的家书，他看不到了，给他缝制的寒衣，再也没有人收取了。但可悲的是，他的家人却仍然在等待着他的回归，这就是悲剧。

尽管这首诗作的艺术风格看似自然、平淡、质朴，但是正因为它不华丽，平淡并不浅露，人性深处的情感思想深刻，在共鸣中耐人寻味，在事发情节中，引领读者情感波动同频共振，又能平中见奇，善作苦语，因此格外奇警动人。

8. 代出自蓟北门行 鲍照

【原文】

羽檄起边亭，烽火入咸阳。
征师屯广武，分兵救朔方。
严秋筋竿劲，虏阵精且强。
天子按剑怒，使者遥相望。
雁行缘石径，鱼贯度飞梁。
箫鼓流汉思，旌甲被胡霜。
疾风冲塞起，沙砾自飘扬。
马毛缩如猬，角弓不可张。
时危见臣节，世乱识忠良。
投躯报明主，身死为国殇。

【注释】

羽檄：古代的紧急军事公文。

边亭：边境上的瞭望哨。

征师：征发的部队。一作“征骑”。

屯：驻兵防守。

广武：地名，今山西代县西。

严秋：肃杀的秋天。

虏阵：指敌方的阵容。

鱼贯：游鱼先后接续。

飞梁：凌空飞架的桥梁。

箫鼓：两种乐器，此指军乐。

旌甲：旗帜、盔甲。

角弓：以牛角做的硬弓。

投躯：舍身，献身。

国殇：为国牺牲的人。

【译文】

紧急征召的公函从边塞外岗亭紧急传令，烽火硝烟的战争气息已经随着战争爆发传到了京都。被征召的将士们在广武县驻扎停留，他们计划兵分数路去迎救被敌方围困的朔方。肃杀的秋天十分寒冷，然而战士们的斗志却没有丝毫减弱，犹如一支随时可以离弦的箭。但是敌人的军队也是十分精锐的。天子听闻敌军狂妄嚣张、气势逼人，顿时感到怒火中烧，按捺不住一身肝胆，决定亲自迎敌而战！

战火正在紧张而激烈地胶着着，后方传送军情战况的使者来来往往络绎不绝。队伍沿着石径有序行进，像极了大雁群飞排列在空的阵势，将士们遇到河流，就像前前后后游着的鱼儿一样渡过了桥梁。行军乐曲中流露出了汉人特有心情和思念情怀，天气寒冷，就连战士们的旌旗和铠甲上都凝结了胡地的霜雪。但是战士们顾不得战争的环境有多么恶劣，此时他们冲战沙场，勇猛杀敌，战火熊熊，尘土飞扬，天寒地冻中，战马的被热汗浸湿的鬃毛瞬间就被冻得像刺猬一样缩成一团，就连战士的角弓也被冻住，难以拉开。

危难时刻见真义士，臣子的操守和品性只有在时政朝局最危急的时候才能真实显现；一个人的忠心与诚意也只有在天下大乱的时候方能尽显。战士们为回报君主的赏识和知遇之恩，都拼尽全力奋勇杀敌，在国家面前将自己的个人安危抛在脑后。战死沙场后，他们会被国家追封成为荣耀的烈士。

【赏析】

诗篇刚一起句，读者的情绪便随着诗句的阐述而变得紧张起来了。

边亭马不停蹄地传过来告函：“羽檄起边亭，烽火入咸阳。征骑屯广武，分兵救朔方。”敌军气势汹汹地入侵的信息连夜传递到京城，这为后面君主不禁大怒奠定了基础，汉军征集人马，暂时驻扎广武，精心计划兵分数路，前去迎救朔方。前两句中的“羽檄”和“烽火”意在不断加强军情紧急、迫在眉睫。同时为接下来一触即发的生死搏斗铺垫氛围。诗作一开始讲述胡焰嚣张，气势触怒天子，使其不禁勃然大怒，侧面交代战争局势严峻。“严秋筋竿劲，虏阵精且强。天子按剑怒，使者遥相望。”胡方利用深秋弓坚矢劲，大肆入侵边境搅乱太平祥和，汉方天子对此嚣张之举备感震怒，急匆匆往来的使者频频送来战报，络绎不绝却一刻也不敢停歇。随后诗人鲍照又运用两联工整对句描述汉军即将投入战斗的战前恢宏场面，造势于战前，鼓舞军心，颇有先声夺人的气势。然后重点描写进入实战状态时，应景而来的气候剧变，也是侧面烘托实战的残酷，“疾风冲塞起，沙砾自飘扬。马毛缩如猬，角弓不可张”。疾风四起，迷蒙漫天，沙砾飘扬，尘土纷飞。其中战马在严寒中瑟缩到不能奔驰，劲弓在天寒地冻中郁结到难以张开。这些细节都把边塞实景与战地生活紧紧衔联，格调契合，相互烘托，极其自然地为英勇顽强的战士营造了一个最为“合适”的环境，亦苦亦烈，亦悲亦荣，更加浓重地烘托了英雄主义。

诗人最后用《九歌·国殇》盛赞英勇刚强、献身于国事的“鬼雄”，歌颂为国捐躯的英勇战士，在诗人心中都是为之崇敬的英豪烈士。这两联之所以盛传于世，是因为诗中所弘扬的爱国主义精神以及烈士视死如归的英勇和人们内心的正义、悲恸、英雄主义情结相契合共鸣，这也成为在封建时代衡量忠贞良将行为准则的标尺，具备催人奋进的力量。

9. 甘州遍·秋风紧 毛文锡

【原文】

秋风紧，平碛雁行低，阵云齐。萧萧飒飒，边声四起，愁闻戍角与征鼙。

青冢北，黑山西。沙飞聚散无定，往往路人迷。铁衣冷，战马血沾蹄，破番奚。凤皇诏下，步步蹑丹梯。

【注释】

碛：原指浅水中的沙石。左思《吴都赋》：“玩其碛砾而不窥玉渊者，未知骊龙之所蟠也。”由浅水沙石引申为辽阔沙漠，杜甫《送人从军》诗：“今君渡沙碛，累月断人烟。”“平碛”则是一望无际的沙漠。

阵云齐：云层低压。齐：平，与天际相齐，低压之义。

角：画角，军号之类的乐器。

青冢：汉代王昭君之墓。

黑山：又名为杀虎山，位于今内蒙古自治区和林格尔以北。

蹑丹梯：踏着朝廷前的阶梯而进。

【译文】

秋天到了，沙漠中大雁正在南飞，天高地阔，大雁似乎飞得很低，如同战阵一般延绵如云，排列整齐。寂寥的大漠中各种声音四下响起，号角与战鼓齐鸣，急促催人。就在青冢以北处，围绕在黑山四周，有不可计数的飞沙走石混着尘土四处坠落及飘荡，尘烟笼罩，时常看不清路径，这极易让行人迷路。战士们身穿钢盔铁甲，冰冷坚毅，光泽犀利，战马的蹄子混响在大漠之上，还浸染着敌人的鲜血，他们奋勇前进，英勇杀敌，攻破番奚，圆满而归。皇帝下诏，归来士兵脚踏丹梯准备接受恩赏。

【赏析】

五代十国的词作，总是给人一种缱绻、旖旎又缠绵的印象，好似让人置身于一个歌舞升平、安居乐业的繁华盛世一般。然而，事实并非如此。五代十国堪称中国历史上黑暗时代的代表。各系军阀豪强肆意割据，自立门户，占地为王，而北方契丹族同样乘机攻入，各族各势力都大兴兵役，所设赋税极为苛重，百姓根本承担不起，日子过得民不聊生，只不过，这样的社会全貌并没有都在词作之中尽显罢了，甚至连缩影也未曾捕捉到。

毛文锡的这首《甘州遍》是极为别开生面的，与温柔艳丽的五代词甚为不同。他摒弃华丽，以生动真实的语言描写了戍守边关的将士在艰苦的作战环境中英勇抵御敌军、奋勇保卫国家的热血场面，引领读者情感共鸣，自觉形成超强画面感，在文学作品艺术价值的层面上也是非常值得细细品读的。

据史料记载，公元922年，契丹主阿保机挥兵南下进攻定州，然而并不遂愿，李存勖闻讯后奋力抵御，终于大破契丹，将入侵的敌军驱逐出境。李存勖于923年建立后唐，随后925年歼灭前蜀。就在这时候，毛文锡随着蜀主王衍一同降服于后唐。推测这首作品极有可能作于此时前后。

秋风四起，寒意渐浓，在一望无垠的荒原大漠间，排列整齐的大雁正在努力向南飞去，目之所及，它们似乎在天地之间的相接处低飞盘旋，在大漠浩空下战乱不断的氛围中偶尔低号，像极了哀鸣。作品一开口就用了极有感染力的元素创造了环境的超强感，以极其夸张的恶劣环境带读者走进一幅大漠狼烟飘荡、战场肃杀冰冷的画面，沙漫云浓，亦美亦凄，战士列队，亦悲亦豪，不哀而伤的战争氛围就这样慢慢尽现了。

紧接着，又描述了大漠之中的各种声响，边境的战争的声音四处响起，愁苦中听到了戍边的号角和征战的鼓声，种种“声响”用以烘托临战时的紧张气氛，渲染出枕戈待旦、控弦欲发的气氛，收到了情景相生的效果。

下阕则通过对大漠飞沙的描述，烘托出艰苦的战争环境以及战士们穿着冰冷的铠甲、战马的蹄子上沾染着被杀敌人的鲜血、攻破番奚的场面，引领读者充分领略到这次战争的恢宏场面，激烈厮杀的画面仿佛已立体呈现，将士们浴血鏖战，战地狼烟四起，他们丝毫没有畏惧和退却的意思。整首词作句法浑涵，字词精练，苍凉中流露出一股悲壮、豪迈、慷慨的情绪，读之令人精神振奋。

10. 渔家傲·秋思　范仲淹

【原文】

塞下秋来风景异，衡阳雁去无留意。四面边声连角起，千嶂里，长烟落日孤城闭。

浊酒一杯家万里，燕然未勒归无计。羌管悠悠霜满地，人不寐，将军白发征夫泪。

【注释】

塞：边界要塞之地，与邻国的交界处，这里指西北边疆。

千嶂：绵延而峻峭的山峰，崇山峻岭。

燕然未勒：指战事未平，功名未立。

悠悠：形容声音飘忽不定。

寐：睡。

【译文】

秋天不知觉间已经到来，这个时候西北的边塞风光和江南小调式的景色大相径庭。大雁又匆匆忙忙成群结队地飞回了衡阳，一点儿稍作停留的意思都没有。黄昏时分，四面八方传来了各种各样的号角声，边塞特有的风声、马啸声、羌笛声和着号角声混杂在一起，形成一段与众不同的旋律。在那连绵起伏、青峻耸立的群山之中，夕阳余晖洒向山间，更显得空空荡荡，唯见青烟升腾、孤寂无言的一座城，毫无生机，那里城门紧紧关闭，没有一点儿开的意思，显得格外孤独。

喝下一杯浊酒，此情此景，心中忍不住思念起远在万里之外的家乡和亲人，谁不想归去呢？可眼下战乱未平，功名利禄尚无所获，显然不是归去的最好时机。远方飘传入耳苍凉的羌笛之声，回荡在寒霜初降的秋夜里，凝霜满地，更显格外凄清。夜已深了，然而在外征战的人们经历过浴血奋战，时刻保持警惕战备，所以常常失眠，无论将军还是士兵都被霜雪染白了鬓发，一想起遥远的故乡，他们在不知不觉间泪湿衣襟。

【赏析】

在古代，一场战争常常将毁掉几代人辛辛苦苦所创建的基业，战争的双方无论胜负，均会牺牲子民、践踏土地，因此战争自古至今从来都是兵家决策之中一件必须慎之又慎的事情。中华民族从来都是一个热爱和平的民族，但是当我们的土地遭到侵犯的时候，每一位中国人是绝对不会退缩和委曲求全的，就如同当年汉朝大将陈汤所说的“犯强汉者虽远必诛”。如此的一股将军气概，支撑着一代又一代的中国人坚持不懈地反抗与斗争，涌现出一位又一位的民族英雄，其中就有范仲淹。

范仲淹的这首《渔家傲·秋思》，被欧阳修盛赞，甚至被评为“绝塞外之词”，大有“除却巫山不是云”的意味。读了这一首塞外词后，其他的塞外诗词就没必要再读了，也不用再去挖掘诗词的艺术价值了，因为他认为这一首是最好的。

边塞，亦美亦凄、亦英亦豪、亦寒亦暖、亦悲亦壮……虽然已经经历历史长河以及还要不断经历未来风雨的洗刷，但在文人墨客的笔触下，却依然留着相同的痕迹和轮廓。词的上片妙在“异”字，将所触目的全部景物特点巧妙做了独到的概括：早往南飞的大雁排列在秋日长空，边疆的号角声里夹杂着风吼马啸，逶迤的崇山峻岭里升起的长烟，秋日傍晚西沉落日中紧紧闭门的孤城……诗人摒弃了华丽词风，用白描写实的手法，勾勒出一幅寂寥荒芜、萧瑟悲凉的边塞全景图。

下片开端一句“浊酒一杯家万里”是词人的自我情感抒发。他驻守边关，防守危城，自是身负重任。但是人非草木，圣贤也好，文武群臣也罢，无名小丁也当论，在塞外日久天长，谁又会不思乡念亲呢？这里妙在“一杯”与“万里”在数字之间形成了悬殊的对比，营造了极高的艺术效果，反衬了浓重的思乡之情，不得不说造语雄浑有力。思乡的起源因“燕然未勒归无计”而泛滥。

“燕然未勒”一词出自《封燕然山铭》的典故：东汉和帝永元元年，车骑将军窦宪出征北伐匈奴，大获全胜，战争中打了胜仗自然可喜可贺，于是窦宪将军在漠北燕然山刻石记下这次征战的全胜，由班固执笔，盛赞大汉实力威武、德贤兼备，这个典故就是所谓的“勒石燕然”。勒字此处是雕刻的意思。

这首边塞词中亦苦亦勇，有民族大义也有思乡小爱。除了刻画了将军的英雄气概，也描写了士兵在边塞的艰苦生活，其中也暗喻着对宋王朝重内轻外政策的强烈不满，所以说浓烈的爱国情怀与浓重的思乡情愁双重具备，结构上构成了将军与士兵一边思乡念亲，一边渴望建功立业的复杂而又矛盾的心理。

第八篇

旖旎缱绻凄凄意，月夜谁人寄相思

（思妇闺情诗）

1. 国风·卫风·氓 先秦

【原文】

氓之蚩蚩，抱布贸丝。匪来贸丝，来即我谋。
送子涉淇，至于顿丘。匪我愆期，子无良媒。
将子无怒，秋以为期。乘彼垝垣，以望复关。
不见复关，泣涕涟涟。既见复关，载笑载言。
尔卜尔筮，体无咎言。以尔车来，以我贿迁。
桑之未落，其叶沃若。于嗟鸠兮，无食桑葚！
于嗟女兮，无与士耽！士之耽兮，犹可说也。
女之耽兮，不可说也。桑之落矣，其黄而陨。
自我徂尔，三岁食贫。淇水汤汤，渐车帷裳。
女也不爽，士贰其行。士也罔极，二三其德。
三岁为妇，靡室劳矣；夙兴夜寐，靡有朝矣。
言既遂矣，至于暴矣。兄弟不知，咥其笑矣。
静言思之，躬自悼矣。及尔偕老，老使我怨。

淇则有岸，隰则有泮。总角之宴，言笑晏晏。

信誓旦旦，不思其反。反是不思，亦已焉哉！

【注释】

氓：《说文》：“氓，民也。”本义为外来的百姓，这里指自彼来此之民，男子的代称。

蚩蚩：通“嗤嗤”，笑嘻嘻的样子。一说憨厚、老实的样子。

贸：交易。抱布贸丝是以物易物。

匪：通“非”。

即：走近，靠近。

谋：商量。

淇：卫国河名。今河南淇河。

顿丘：地名。今河南清丰。

愆：过失，过错，这里指延误。

将：愿，请。

无：通“毋”，不要。

乘：登上。

垝垣：倒塌的墙壁。垝，倒塌。垣，墙壁。

复关：复，返。关：在往来要道所设的关卡。女望男到期来会。他来时一定要经过关门。一说“复”是关名。

涕：眼泪。

涟涟：涕泪下流貌。

载：动词词头，无义。

尔卜尔筮：指烧灼龟甲的裂纹，以此判定吉凶兆，叫作“卜”。用蓍草占卦叫作“筮”。

咎：不吉利，灾祸。无咎言就是无凶卦。

贿：财物，指嫁妆，妆奁。

沃若：犹“沃然”，像水浸润过一样有柔顺有光泽。

耽：迷恋，沉溺，贪乐太甚。

说：通“脱”，解脱。

陨：坠落，掉下。这里用黄叶落下比喻女子年老色衰。

黄：变黄。

徂：往。徂尔：嫁到你家。

食贫：过贫穷的生活。

汤汤：水势浩大的样子。

渐：浸湿。

帷裳：车旁的布幔。

不爽：没差错。

贰：“貣”的误字。“貣”就是“忒”和“爽”同义。这里指爱情不专一。

罔：无，没有。

极：标准，准则。

二三其德：在品德上三心二意，言行前后不一致。

室劳：家务劳动。

夙：早。

兴：起来。

言既遂矣："言"字为语助词，无义。

咥：笑的样子。

躬自悼矣：自身独自伤心。躬，自身；悼，伤心。

隰：低湿的地方。

泮：通"畔"，水边，边岸。

总角：这里指代少年时代。

宴：快乐。

晏晏：欢乐、和悦的样子。

旦旦：诚恳的样子。

反：即"返"字。

不思其反：不曾想过会违背誓言。

反是不思：违反这些。是，指示代词，指代誓言。

已：了结，终止。

【译文】

当初，你怀里抱着布匹来和我做蚕丝交易，我初见你时，认为你是一位憨厚耿直的农家小伙子。其实我知道你并不是真的想来换丝的，而是想找个机会与我谈谈我们之间的婚事的。那天我送你离开，一直来到淇水的西面，一路相伴依依不舍。其实不是我愿意耽误佳期的，而是你没有委托媒人前来提亲实在有失礼仪。还希望你不要生气，等秋天到了，你再来将我娶过门去。

你离我而去的那天，我忍不住爬上那堵破土墙遥望，遥遥地朝着复关方向凝神眺望。只是复关远在云雾之中，我还未曾瞧见情郎你眼中可有流下相思的眼泪来。终于盼得情郎从复关归来，喜气洋洋又说又笑的，甚是开心，原来你是去求神问卦，卜后知晓你我可谓是好的姻缘，所以禁不住心生欢喜，急急忙忙赶着你的马车来找我，说是要将我的嫁妆搬回你的家中。

桑树的叶子还没有凋落，点缀得枝头一片绿莹莹，那些在枝头上叽叽喳喳叫个不停的斑鸠呀，千万别吃树上的桑葚。哎呀，年轻的姑娘们啊，千万别轻易就对男人用情太深。男人爱上女人，却总是朝秦暮楚易忘情，女人若是爱上男人，想要解脱谈何容易。

一片一片桑树上的叶子凋零，随风飘落腐于泥土，叶子已然从翠绿色变成枯黄，自从嫁到你的家中已经三年，生活穷苦备受煎熬。顺着茫茫的淇水我回到了自己的家中，一路奔波，狼狈至极。我作为你的妻子，这三年来恪守妇道从未做错过什么，倒是你身为男人太过于刁钻苛刻了，朝秦暮楚，出尔反尔，违背誓言。

婚后这三年我恪守妇道，里里外外操持家务，任劳任怨从来不觉得吃苦，起早贪黑不辞辛劳。谁知道你一朝家业有成之后，竟然对我变了心，开口辱骂，动手施暴。这些事情，我一句都没有告诉我的兄长们，他们至今都觉得我的生活过得很幸福，个个开心不已。却不知我人前欢笑，人后独自伤心流泪。

当年你我海誓山盟，相约携手白头到老，如今却早已一切皆成空。“淇水滔滔终有岸，沼泽虽宽有尽头。”独自一人的时候，我还是会想起从前的那些欢喜时光，回想起你曾经对我的温柔，仿佛一切就在昨天，只可惜早已物是人非事事休。算了，就这样吧，对于往昔，不要再想，既然终结，便自此罢休吧。

【赏析】

《国风·卫风·氓》是一首春秋时期的民歌。诗歌以一位女子的口吻，坦率且毫不保留地向众人诉说了她与丈夫由初识到情深再到情变缘尽的感情经历，像一幅鲜活写实的爱情画卷，为后世留下了诸多当时民情风俗的宝贵资料，也引发了人们久久的沉思。

据史料记载，春秋时期生产力还相当落后，妇女在家庭中经济上不独立，人格上形成对男子的附属关系，如果有朝一日男子移情别恋或心有异想，便可以毫无顾忌、毫无负担地将女子抛下。诗歌中的女子就是一个典型的例子。

诗中的女子情深义重，对于爱情，从来都坦荡、真诚。即便是婚后遭遇变心和遗弃，却仍然将所有的哀伤与苦楚独自背负起来。她的善解人意、勤劳聪慧、果敢率真、通情达理的鲜明形象，是中国古代劳动妇女的典型代表之一，被人们永远地保留在美好的记忆之中，世世代代皆被铭记与传颂。

2. 国风·邶风·日月 先秦

【原文】

日居月诸，照临下土。乃如之人兮，逝不古处？胡能有定？宁不我顾。

日居月诸，下土是冒。乃如之人兮，逝不相好。胡能有定？宁不我报。

日居月诸，出自东方。乃如之人兮，德音无良。胡能有定？俾也可忘。

日居月诸，东方自出。父兮母兮，畜我不卒。胡能有定？报我不述。

【注释】

居、诸：语尾助词。

乃：可是。

之人：这个人，指她的丈夫。

逝：助词。无实义，起调整音节的作用。

古处：一说旧处，一说姑处。

胡：何，怎么。

定：止。指心定、心安。

宁：一说乃，曾；一说岂，竟然，难道。

我顾：顾我。顾，念。

冒：覆盖，照临。

相好：相爱。

德音：好名誉。

畜我不卒：即好我不终。畜，同“慉”，喜爱。不卒，不到最后。

不述：不循义理。

【译文】

太阳和月亮啊，是你们的白天的光芒和夜晚的光辉照耀着大地。我嫁的这个人啊，却不再像过去那样对待我了。事情怎么变成这样了呢？一点儿也不顾念我呀。

那太阳啊，还有那月亮，你们永恒光亮，持之以恒地照耀着大地，不倦不移。可是我嫁的这个人，我喜欢的这个人却不再像过去那样与我恩爱有加了。事情怎么变成这样了呢？夫妻旧情如此这般容易消失殆尽！

太阳啊，还有那月亮，你们每天都遵从规律从东方升起，在夜空高悬。我嫁的这个人啊，却不再以好言好语安慰我了。事情怎么变成这样了呢？把那些无良之行都忘了吧。

太阳啊，还有那月亮，你们每天都从东方升起。然而我伴君惜君，尊君亲君，如父如母，有情有爱，而今君却不以善终回报我。究竟是为什么让事情发展到今天这副模样？始作俑者也没有得到真正的快乐，好比你自己又得到了怎样的善终呢？

【赏析】

这是一首弃妇申诉怨愤的诗。诗在开篇就引领读者走入这样的基调中：太阳的光芒与月亮的光辉日夜交替轮番照耀尘世，然而一位妇人正在她的屋旁朝着日月凄凄倾诉：日月尚能一直不休止地、不变幻地照耀大地，为什么我的丈夫却不能像从前一样对我恩爱有加，顾念着我！继而各章的第一句都以“日居月诸”作为起兴，这种写法就起到陪衬映射的作用，其次在结构上这种新颖式的工整也较为夺目和朗朗上口。日月出自东方，它们恒守自己的角色是照耀大地，所以亘古不变，可是这结为夫妇的“之人”竟心志回惑，“胡能有定”。

《毛诗序》说：“《日月》，卫庄姜伤己也。遭州吁之难，伤己不见答于先君，以至困穷之诗也。”朱熹《诗集传》说：“庄姜不见答于庄公，故呼日月而诉之。言日月之照临下土久矣，今乃有如是之人，而不以古道相处，是其心志回惑，亦何能有定哉？”据说这首作品诞生的背景是作者卫庄姜被庄公移情遗弃后，但也有一种说法，鲁诗认为是卫宣公夫人宣为了让自己的儿子寿能够继位大统而欲杀太子伋以夺取王位，结果寿为求伋，也死了。结果伋万分难过，深深怀念才作的这首诗。但在今天仍然被引喻为弃妇埋怨丈夫移情变心的斥责倾诉。

3. 闺怨　沈如筠

【原文】

雁尽书难寄，愁多梦不成。

愿随孤月影，流照伏波营。

【注释】

伏波营：“伏波”是将军的封号。此处用的原意是平乱的军队。

【译文】

大雁已然南归北回，走了，书信也就注定再也寄不出去了，愁绪多得让人难以入眠。

我多希望自己能够追随着那无时不在的月亮，将光辉洒在你的军营，好解我心头相思之苦。

【赏析】

沈如筠这首《闺怨》诗将一位妻子对征戍在外的丈夫的深切思念写得极为曲折，一往情深，令人感动。皓月当空的夜晚，妻子独处空闺，心心念念着正守卫着南疆的丈夫。她幻想着大雁能够帮她为丈夫传递一封写满相思的书信，然而令人遗憾的是，春宵已然夜深人静的时候了，大雁都已经飞回到自己的故乡去了，雁去空空，相思难递，触目到此情此景，更是令人徒增伤感，倍加愁绪。

鸿雁传书向来都是思念的代名词，然而思念至深时，托鸿雁代为传书，却奈何偏偏是锦书难寄，这是何等令人沮丧的一件事情啊。所以“书难寄”其中的“难”字堪称情绪的点睛之笔，将妇人的深深思念和念而不得之间的矛盾体现得淋漓尽致，而这一整句准确地体现了“欲说还休”，因为倾诉无人的隐恨徘徊，形象地刻画了一位思念而不得的怨妇。这一份思念之情搅动了她所有的心绪，让她辗转难眠，满腹愁思却又无可奈何的时候，她唯有揽衣徘徊在窗台边上，不经意抬头瞥见了一轮皓月当空照。此时此刻她是多么盼望自己能够化身为月光啊，唯有这样，才能无拘无束、自由自在地洒泻到“伏波营”中良人的身上。

诗写得情意动人。三四两句精妙出众，十字开外意义颇深。“孤月”之“孤”字形象地刻画了一位思妇的孤独，流露渴望被关怀的内心。但是，“千里共婵娟”，所以明月有力量跨越千万里的距离，与你思念的人共婵娟，于是她及时调整了自己的情绪，没有继续沉沦于相思之苦，而是想要摆脱相思之苦，便发出了能否随孤月光照亲人的感叹。思妇流露出的感情十分真挚。诗作没有全篇发怨，也不是哀伤满溢，也并不刻意引领读者的情绪变化，而是像独白一般，干净、简洁、规律而鲜明地自我抒发，这更显得主人公对感情报以真挚的期待、在伤痛中赋予纯洁的忧伤。如此格调定位干净、清新且于高尚中流淌着的哀伤，在表现情感的作品中有较高的可赏性。

4. 闺情 李端

【原文】

月落星稀天欲明，孤灯未灭梦难成。

披衣更向门前望，不忿朝来鹊喜声。

【注释】

梦难成：指辗转反侧，不能成眠。

不忿：不满、恼恨。一作“不问”。

鹊喜声：自古流传认为鹊声能预报喜事。

【译文】

月亮隐没在树梢之中，星星也变得很少，眼看着东方的天空开始有了亮光，黑夜就要过去了，而我却与一盏孤灯为伴，彻夜未眠。门前传来一阵窸窣声，是不是他回来了？我急急忙忙披着衣裳走到门前探看，才发现原来是那可恼的喜鹊发出来的叫声把我欺骗了。

【赏析】

每逢失眠的夜晚，月亮与星星总是被赋予最多的情感与想象。这首诗作也无异于此，开篇两句就描写日月，并寄出深厚情感。月落星稀，天河辽阔，本来如此的夜该是安逸且静谧的，然而诗中的女子此刻却丝毫未有心旷神怡的感觉，反而生出了一抹挥之不散的忧愁与哀伤。在这里，环境描写与人物心理活动描写并重，以此营造出了诗作的整体氛围。

诗人的视觉呈现是由窗外逐渐过渡到窗内，缓缓移动的，如同一幅慢节奏的画面渐变切换，一盏孤灯闪烁和一位不能安眠的女主人公共度寂寞，兀自相对。诗人从未直接向读者诉说诗中女子彻夜未眠的是因为思念，而是通过侧面描写“月落星稀”的天色，以及女子深夜不眠的场景来阐述表达，更是平添了一份委婉曲折的情致。到了第三句，诗境之中忽然有了一个动静之间的转折，听到了门外的窸窣声响，女子欣喜万分，连忙起身张望，她以为终于是郎君到来了。可是，就在她掀开门帘的那一瞬间，所有的欣喜都化为无限的恼恨，为什么？因为来的并不是情郎，而是早起捉虫的喜鹊飞到门前树枝上发出声响罢了。

“不忿”是一个十分口语化的词，所指的是女子对喜鹊的“不忿”。女子那一刻那种未经掩饰、忽然发生的情绪转变，被诗人恰到好处地表达了出来，极为自然、传神、贴切。就在一瞬之间，读者仿佛能看到女子皱起的眉头，或者嘟起的小嘴。然而这错误并非喜鹊而起，女子的哀怨情绪，表面看来是埋怨喜鹊让自己经历了一场空欢喜，实际上全诗的主旨都是在写对郎君迟迟不归的思念和埋怨，小女人独守空房时泛滥出对被重视被关怀的渴望，独自等待中的气恼仿佛因为这只小喜鹊有了出处。而儒家传统的诗教宣讲《女则》，讲究重重，主张“怨而不怒”才不失“温柔敦厚”的得体。这首诗一表一里的意思看似两层，实则出入均自一处，这种看上去的怨而不怒，恰恰就是诗人的意图。